Isaac Asimov

Lucky Starr und die Saturnringe

Science Fiction-Roman

BASTEI LÜBBE

BASTEI-LÜBBE-TASCHENBUCH
Science Fiction Action
Band 21 149

Deutsche Lizenzausgabe 1982
Bastei-Verlag Gustav H. Lübbe, Bergisch Gladbach
Originaltitel: LUCKY STARR AND THE RINGS OF SATURN
Ins Deutsche übertragen von Ekkehart Reinke
Titelillustration: Peter Ellson
Umschlaggestaltung: Quadro-Grafik, Bensberg
Druck und Verarbeitung:
Mohndruck Graphische Betriebe GmbH, Gütersloh
Printed in Western Germany
ISBN 3-404-21149-9

Der Preis dieses Bandes versteht sich einschließlich der gesetzlichen Mehrwertsteuer.

I

INVASION AUF TITAN

Wie ein funkelnder Diamant stand die Sonne am Himmel, gerade groß genug, um vom bloßen Auge als etwas erkannt zu werden, das mehr war als ein Stern, eine winzige, weißglühende Kugel von Erbsengröße.

Hier in die unermeßliche Tiefe des Weltraums, nahe dem zweitgrößten Planeten des Sonnensystems, drang nur noch ein Prozent der Lichtmenge, die den Heimatplaneten der Menschheit, die Erde, erreicht. Dennoch war die Sonne auch hier der hellste Himmelskörper, so hell wie 4000 Vollmonde.

Nachdenklich betrachtete Lucky Starr den Bildschirm, dessen Mitte die ferne Sonne einnahm. Dabei beobachtete ihn John Bigman Jones, dessen kleine Gestalt sich auffallend von Luckys athletischer Figur abhob. Wenn John Bigman Jones sich zu voller Größe aufrichtete, erreichte er gerade einen Meter 55. Aber der Kleine lehnte grundsätzlich den Zollstock als Maßstab ab und verlangte, ausschließlich mit seinem Mittelnamen angesprochen zu werden: Bigman.

»Ja, Lucky«, sagte er, »sie ist fast 1450 Millionen Kilometer entfernt. Die Sonne, meine ich. Ich bin noch nie so weit draußen gewesen!«

Der dritte Mann in der Pilotenkanzel, Ratsmann Ben Wessilewsky, schaute von seinem Platz an den Steuerungsgeräten grinsend über die Schulter. Auch er war hochgewachsen, wenngleich nicht ganz so groß wie Lucky. Sein blonder Haarschopf umrahmte ein Gesicht, das durch lange Dienstjahre beim Wissenschaftsrat weltraumgebräunt war.

»Was ist los, Bigman?« fragte er. »Haben Sie Angst – so weit weg von Mutti?«

»Beim sandigen Mars, Wess«, zeterte Bigman, »nehmen

Sie die Hände von den Kontrollen, und sagen Sie das noch mal!«

Er schlängelte sich an Lucky vorbei und ging mit geballten Fäusten auf den Ratsmann los. Doch da packten ihn schon Luckys Hände bei den Schultern und hoben ihn mühelos in die Höhe. Vergeblich strampelte Bigman mit den Beinen. Lucky stellte seinen vom Mars stammenden Freund wieder dort auf den Boden, wo er vorher gestanden hatte.

»Bleib da stehen, Bigman!«

»Aber Lucky, hast du ihn nicht gehört? Der lange Kerl bildet sich ein, daß Körperlänge mit Männlichkeit identisch ist. Wenn dieser Wess ein Meter 80 groß sein sollte, dann hat er eben für 25 Zentimeter mehr Fett am Leibe als ich – und sonst nichts!«

»Schon gut, Bigman«, sagte Lucky. »Und du, Wess, spare dir deine Witze besser für die Sirianer auf!«

Er sprach mit beiden in ruhigem Tonfall, aber die Autorität war deutlich herauszuhören.

Bigman räusperte sich. Dann fragte er: »Wo ist der Mars?«

»Von hier aus auf der anderen Seite der Sonne.«

»Du weißt auch alles«, sagte der Kleine ärgerlich. Aber plötzlich erhellte eine Idee sein Gesicht. »Hör mal, Lucky, wir befinden uns 160 Millionen Kilometer außerhalb der Sonnenbahn. Da müßten wir den Mars doch unter der Sonne, sozusagen von hinten, erkennen.«

»Eigentlich ja. Tatsächlich steht er ungefähr einen Grad von der Sonne entfernt. Aber so nahe an ihrem Strahlenglanz wird er unsichtbar. Dafür kannst du, glaube ich, die Erde sehen.«

Auf Bigmans Gesicht erschien ein Ausdruck hochmütiger Ablehnung. »Wer im Weltraum möchte schon die Erde sehen? Auf ihr gibt es nichts als Leute. Leute wie Erdferkel, die nie höher als hundert Kilometer gekommen sind. Ich würde sie mir nicht ansehen wollen, wenn sie der einzige

Himmelskörper am Firmament wäre. Soll doch Wess sie sich begucken! Ist ja seine Kragenweite.«

Und verärgert wandte er sich vom Bildschirm ab.

»He, Lucky«, sagte Wess, »willst du dir nicht mal jetzt Saturn ansehen? Ich sage dir, du wirst begeistert sein.«

»Ich weiß nicht so recht, ob der Anblick des Saturn in diesen Tagen wirklich so begeisternd ist«, wehrte Lucky ab.

Er sagte es leichthin. Aber nach seinen Worten legte sich eine ungemütliche Stille über die enge Pilotenkanzel der *Shooting Starr.*

Alle drei spürten den Stimmungswechsel. Saturn bedeutete Gefahr. Saturn war für die Menschen des Sonnensystems Symbol einer ständigen Bedrohung. Für die sechs Milliarden Menschen auf der Erde und die vielen Millionen auf dem Mars, dem Mond, der Venus, den wissenschaftlichen Stationen auf Merkur, Ceres und den äußeren Jupitermonden war Saturn neuerdings etwas Unheimliches und Lebensfeindliches geworden.

Lucky schüttelte als erster den Druck ab. Er setzte die hochsensiblen elektronischen Fühler im Rumpf der *Shooting Starr* in Bewegung, und zuverlässig wie immer rotierten sie mit Blick aufs Universum. Sofort veränderte sich der Ausschnitt im Bildschirm.

Die Sterne wanderten in einer stetigen Prozession über ihn hinweg. Haß kräuselte Bigmans Oberlippe, als er fragte: »Ist Sirius dabei, Lucky?«

»Nein, wir kämmen gerade die südliche Hemisphäre des Himmels durch, und Sirius gehört zur nördlichen. Würdest du gern Canopus sehen?«

»Nein. Warum sollte ich?«

»Es hätte ja sein können, daß du interessiert bist. Schließlich ist es der zweithellste Stern, und du hättest dir einbilden können, es sei Sirius.« Lucky lächelte schmal. Er fand es komisch, daß der patriotische Bigman den Sirius, den Heimatstern der großen Feinde des Sonnensystems, die selber von der Erde stammten, besonders deshalb haßte, weil er der hellste Stern am irdischen Nachthimmel war.

»Sehr komisch!« sagte Bigman. »Los, Lucky, hol Saturn auf den Bildschirm! Dann kannst du, wenn wir wieder auf der Erde sind, in einer Fernsehshow auftreten und allen Zuschauern einen fürchterlichen Schreck einjagen.«

Weiter bewegten sich die Sterne, wurden langsamer und blieben schließlich stehen. »Da ist er – in natürlicher Größe«, sagte Lucky.

Wess schaltete den Autopiloten ein und wandte sich im Drehstuhl herum, um auch auf den Bildschirm zu schauen.

Man sah einen Halbmond, schon etwas im dritten Viertel, der ein sanftes helles Licht ausstrahlte, das in der Mitte schwächer war als an den Rändern.

»Wie weit ist er entfernt?« fragte Bigman erstaunt.

»Ungefähr 160 Millionen Kilometer, glaube ich«, antwortete Lucky.

»Irgend etwas stimmt doch da nicht«, meinte Bigman. »Wo sind denn die Ringe? Gerade die wollte ich sehen.«

Die *Shooting Starr* befand sich hoch über dem Südpol des Planeten. Aus dieser Position mußten die Ringe eigentlich zu beobachten sein.

Aber Lucky erklärte: »Bei so großer Entfernung verschmelzen die Ringe mit der Saturnkugel, Bigman. Da müssen wir das Bild schon vergrößern.«

Der Lichtfleck, den der Planet bildete, vergrößerte sich und dehnte sich nach allen Richtungen aus. Er wurde zum Halbmond und löste sich dann in drei Teile auf.

Die Halbkugel in der Mitte. Außen herum zog sich, ohne Saturn irgendwo zu berühren, ein breites Lichtband, das durch eine dunkle Linie in zwei ungleiche Hälften zerlegt wurde. Auf der Nachtseite des Saturn hörte das Lichtband wie abgeschnitten auf.

»Ja, Mr. Bigman«, sagte Wess im Tonfall eines Schulmeisters, »der Durchmesser des Saturn beträgt nur 125 000 Kilometer. Auf 150 Millionen Kilometer Entfernung schrumpft er zu einem Lichtpünktchen zusammen. Aber zusammen mit seinen Ringen ergibt das eine reflektierende Oberfläche von mehr als 300 000 Kilometern Durchmesser.«

»Das weiß ich doch alles«, sagte Bigman ungnädig.

Wess überhörte den Einwurf und fuhr fort: »Und außerdem wird bei 150 Millionen Kilometer Entfernung der 11 000 Kilometer breite Abstand zwischen Saturnoberfläche und dem inneren Rand der Ringe unsichtbar. Ganz zu schweigen von dem nur 4000 Kilometer breiten Abstand zwischen den beiden Ringen. Man nennt ihn die Cassini-Lücke, müssen Sie wissen, Bigman.«

»Ich habe gesagt, daß ich das alles weiß!« schrie Bigman. »Hör mal, Lucky, dieser Kerl tut gerade so, als hätte ich keine Ahnung. Mit meiner Schulbildung mag es nicht weit her sein, aber über den Weltraum kann er mir nichts Neues erzählen. Los, Lucky, laß mich an den Kerl ran! Ich zerdrücke ihn wie eine Wanze.«

»Jetzt ist Titan zu erkennen«, sagte Lucky.

»Wo?« fragten Bigman und Wess gleichzeitig.

»Dort drüben!« Am Rand des Bildschirms zeigte sich Titan als winziger Halbmond – ungefähr so groß wie vorhin Saturn mit seinen Ringen ohne Vergrößerung.

Titan war der einzige größere Saturnmond. Aber nicht deswegen betrachteten ihn Wess und Bigman, der erste neugierig, der andere voller Haß.

Nein, das hatte einen gewichtigeren Grund. Soviel die drei Raumfahrer wußten, war Titan der einzige Himmelskörper im Sonnensystem, der von Menschen bewohnt war, die die Oberhoheit der Erde nicht anerkannten. Plötzlich und unerwartet hatte er sich in eine feindliche Welt verwandelt.

Sie spürten die Gefahr, die von ihm ausging.

»Wann erreichen wir das Saturnsystem, Lucky?« fragte Bigman.

»Kommt darauf an, was du unter dem Saturnsystem verstehst, Bigman. Im allgemeinen zählt man dazu den Raum bis zu dem äußersten Himmelskörper, der seiner Anziehungskraft unterliegt. Danach befinden wir uns noch außerhalb des Saturnsystems.«

»Die Sirianer meinen allerdings ...«, begann Wess.

»Ins Sonnenfeuer mit den sirianischen Schurken!« schrie Bigman dazwischen und schlug wütend mit der flachen Hand gegen den Schaft eines Hüftstiefels.

»Wer kümmert sich schon um deren Meinung?« Und wieder schlug er gegen die Hüftstiefel, als zerklatsche er dabei alle Sirianer wie Fliegen. Die Stiefel stammten original vom Mars. Ihre unverschämt auffallende Farbe, orange und schwarz in einem gewundenen Schachbrettmuster, verriet eindeutig, daß ihr Träger in den Farmen und Kuppelstädten des Mars seine Kindheit und Jugend verbracht hatte.

Lucky schaltete den Bildschirm aus. Die ausgefahrenen Sensoren wurden in den Schiffsrumpf eingezogen. Nun wirkte das schimmernde Schiff von außen wieder glatt und wie aus einem Guß, bis auf die Ausbauchung am Heck, in der die Agrav-Anlage *) der *Shooting Starr* steckte.

»Den Luxus einer solchen Haltung können wir uns leider nicht erlauben, Bigman«, verwies ihn Lucky. »Die Meinung der Sirianer ist durchaus von Bedeutung für uns, denn im Augenblick haben sie die Oberhand. Mag sein, daß wir sie zu guter Letzt aus dem Sonnensystem vertreiben werden. Aber im Augenblick müssen wir uns schon ein wenig nach ihnen richten.«

»Es ist unser Sonnensystem«, murmelte Bigman rebellisch.

»Sicher. Aber Sirius hält einen Teil davon besetzt, und bis es zu einer interstellaren Konferenz kommt, kann die Erde nichts dagegen tun – es sei denn, sie riskierte einen Krieg.«

Keiner sagte mehr etwas dazu. Die Tatsachen waren un-

*) Siehe Science Fiction Action Nr. 21147 »Lucky Starr auf den Jupitermonden«

bestreitbar. Wess begab sich wieder an seine Kontrollen. Mit einem Minimum an Raketenschub und unter größtmöglicher Ausnutzung der Anziehungskraft des Saturn, stieß die *Shooting Starr* mit hoher Geschwindigkeit auf die Polarregion des Planeten zu.

Hinab, hinab, immer tiefer in den Herrschaftsbereich einer jetzt sirianisch gewordenen Welt, in der es von Raumschiffen wimmelte, die mehr als 50 Billionen Kilometer von ihrem Heimatstern Sirius entfernt waren und sich der Erde bis auf 700 Millionen Kilometer genähert hatten. Mit einem einzigen Riesensprung hatten die Sirianer 99,999 Prozent der Entfernung zwischen ihrer Heimat und der Erde überwunden und im Vorhof der Erde einen Militärstützpunkt eingerichtet.

Wenn man sie nicht wieder vertrieb, würde die Erde von einem Augenblick zum anderen zu einer zweitrangigen Macht absteigen, deren Existenz zudem von der Gnade des Sirius abhing. In einer solchen interstellaren politischen Situation waren die gesamte gigantische Rüstung der Erde, ihre mächtigen Raumschiffe und ihre furchterregenden Waffen nicht in der Lage, etwas gegen diese Drohung zu unternehmen.

Nur drei Männer in einem kleinen Raumschiff wagten aus eigenem Antrieb und ohne jede Vollmacht der Erde einen letzten verzweifelten Versuch. Allein durch ihre Fähigkeiten, Kenntnisse und ihren Mut wollten sie die unerträgliche Situation grundlegend ändern. Sie wußten, daß sie im Fall ihrer Gefangennahme unverzüglich als Spione hingerichtet werden würden – von fremden Eindringlingen in ihrem eigenen Sonnensystem – und daß die Erde nicht das mindeste zu ihrer Rettung unternehmen konnte.

II

DIE VERFOLGUNG

Noch vor einem Monat hatte man auf der Erde nichts von der Gefahr geahnt. Als die Erdregierung dann die Wahrheit erkannte, kam die Erschütterung einer Explosion gleich. Mit methodischer Gründlichkeit hatte der Wissenschaftsrat das Netz der Roboterspione zerschlagen, das die Erde und ihre Kolonien überspannt hatte und dessen Stärke zum erstenmal von Lucky Starr auf den Schneefeldern des Io gebrochen worden war.

Es hatte harte Arbeit erfordert. Und oft war es erschrekkend zu erkennen, wie raffiniert und wirkungsvoll das Spionagenetz gewoben war. Um ein Haar hätte es der Erde nicht wiedergutzumachenden Schaden zugefügt.

Als die Lage schon bereinigt schien, ereignete sich eine neue Katastrophe. Mitten in der Nacht weckte Hector Conway, der Chef des Wissenschaftsrates, Lucky. Er schien sich in großer Eile angekleidet zu haben, und sein schönes weißes Haar war ungekämmt.

Schlaftrunken bestellte Lucky Kaffee und fragte verwundert: »Große Galaxis, Onkel Hector« – so nannte ihn Lucky seit seinen Kindertagen, da er als Weise unter der Obhut von Conway und Augustus Henree aufgewachsen war –, »funktionieren die Bildtelefone nicht mehr?«

»Auf das Bildtelefon wollte ich mich vorsichtshalber nicht verlassen, mein Junge. Wir sind in einer schrecklichen Klemme.«

»Was ist geschehen?« fragte Lucky mit ruhiger Stimme. Aber dabei zog er sich schon die Schlafanzugjacke aus und begann sich zu waschen.

Bigman kam gähnend herein. »He, seid ihr denn vom Mars verlassen, solchen Krach zu machen?« In diesem Augenblick erkannte er den Ratsvorsitzenden und war sofort hellwach. »Was Schlimmes passiert, Sir?«

»Agent X ist uns durch die Lappen gegangen.«

»Agent X? Der geheimnisvolle Sirianer?« Luckys Augen wurden schmal. »Als ich das letztemal von ihm hörte, war der Rat gerade zu der Einsicht gekommen, daß es ihn gar nicht gibt.«

»Das war, als wir noch nichts von den Roboterspionen wußten. Er hat es raffiniert angestellt, Lucky, verdammt raffiniert! Man muß schon ein sehr raffinierter Spion sein, um dem Rat weiszumachen, daß man gar nicht vorhanden ist. Ich hätte dich auf seine Fährte setzen sollen. Aber du hattest immer wichtige andere Aufträge. Jedenfalls ...«

»Ja?«

»Für die Roboterspione mußte es irgendwo eine zentrale Leitstelle geben, die alle Informationen sammelte. Alles deutete darauf hin, daß sie sich auf der Erde befand. Das brachte uns wieder auf die Spur von Agent X. Einer der Hauptverdächtigen war ein Mann namens Jack Dorrance von der Firma Acme Air Products hier in International City.«

»Das ist mir völlig neu.«

»Es gab noch andere Verdächtige. Aber dann setzte sich dieser Dorrance in einem Privatschiff von der Erde ab, obwohl wegen eines Notfalls allgemeines Startverbot herrschte. Es war noch ein glücklicher Zufall, daß sich gerade ein Ratsmann im Raumschiffhafen befand, der kurz entschlossen die Verfolgung aufnahm. Als wir die Nachricht von der Flucht des Raumschiffs erhielten, stellten wir in wenigen Minuten fest, daß sich von allen Verdächtigen nur Dorrance der Überwachung entzogen hatte. Er war uns entwischt. Auch einige weitere Indizien deuteten auf ihn – kurzum, er ist Agent X, dessen sind wir jetzt sicher.«

»Na schön, Onkel Hector. Er ist also auf und davon. Wem schadet das?«

»Wir haben noch mehr herausgefunden. Er hat eine Kapsel herausgeschmuggelt, die zweifellos alle Informationen des Spionagenetzes enthält, die er bisher noch nicht an seine Sirius-Bosse übermitteln konnte. Wir wissen genau, um welches Material es sich handelt. Wenn es in die Hände seiner Auftraggeber vom Sirius gelangt, ist die Erde ihnen schutzlos preisgegeben.«

»Du sagtest, daß er verfolgt wurde. Hat man ihn eingeholt und zurückgebracht?«

»Nein.« Der von Sorgen gequälte Ratsvorsitzende zog ein verdrossenes Gesicht. »Sonst wäre ich doch nicht hier!«

»Ist das Schiff, in dem er floh, für den Großen Sprung ausgerüstet?« fragte Lucky in einer plötzlichen Eingebung.

»Nein!« rief der Ratsvorsitzende erschrocken. Sein Gesicht war vor Erregung gerötet, und er strich sich glättend über sein weißes Haar, als hätte es sich beim Gedanken an den Großen Sprung vor Entsetzen gesträubt.

Erleichtert atmete Lucky auf. Der Große Sprung – das war natürlich der Flug durch den Hyperraum. Dabei verließ das Schiff den normalen Weltraum und erreichte ihn nur wenige Sekunden später wieder, aber viele Lichtjahre weiter.

Mit einem solchen Schiff wäre Agent X mit größter Wahrscheinlichkeit uneinholbar gewesen.

»Er arbeitete solo«, sagte Conway. »Auch seine Flucht bewerkstelligte er ganz allein. Das ist einer der Gründe, warum er uns durch die Lappen ging. Deshalb besorgte er sich auch einen Einmannkreuzer für interplanetarischen Verkehr.«

»Aha. Einmannkreuzer sind nicht für Hyperraumflüge ausgerüstet. Jedenfalls bisher nicht. Aber, Onkel Hector, wenn er sich für ein solches Schiff entschied, dann braucht er wahrscheinlich kein anderes.«

Lucky hatte sich gewaschen und zog sich in aller Eile an. Er wandte sich an Bigman. »Was ist mit dir? Spring in deine Kleider!«

Bigman hatte auf der Couch gesessen. Jetzt sprang er auf. So blitzartig, daß er fast einen Salto dabei schlug.

»Wahrscheinlich«, fuhr Lucky fort, »wartet irgendwo im

Weltraum ein Schiff vom Sirius auf ihn, das durch den Hyperraum fliegen kann.«

»Genau. Und da er in einem schnellen Schiff sitzt und einigen Vorsprung hat, kann es passieren, daß wir ihn nicht mehr einholen – ja, nicht mal auf Schußweite an ihn herankommen. Die einzige Möglichkeit ...«

»... ist die *Shooting Starr*. Das ahnte ich schon, Onkel Hector. In einer Stunde kann ich starten, und wenn Bigman bis dahin angezogen ist, begleitet er mich. Besorge mir bitte Position und Kurs des Schiffes von Agent X und seines Verfolgers! Mehr brauche ich nicht.«

»Gut.« Einige Sorgenfalten auf Conways Gesicht glätteten sich. »Und David« – wie immer, wenn er aufgeregt war, benutzte er Luckys wirklichen Vornamen –, »du wirst doch vorsichtig sein?«

»Hast du die anderen Besatzungen auch darum gebeten?« fragte Lucky freundlich.

Bigman hatte in der Zwischenzeit einen seiner Hüftstiefel angezogen und hielt den zweiten in der Hand. Er tätschelte die kleine Halfter in der samtbezogenen Innenseite des Stiefels.

»Geht's jetzt los, Lucky?« fragte er. Tatendurst glänzte in seinen Augen, und sein Koboldgesicht verzog sich zu grimmigen Falten.

»Gleich geht es los!« bestätigte Lucky, und dabei zauste er Bigmans sandfarbenes Haar. »Wie lange haben wir auf der Erde gefaulenzt? Sechs Wochen? Na, das ist lange genug!«

»Ganz meiner Meinung«, rief Bigman fröhlich und zog sich den anderen Schuh an.

*

Erst jenseits der Umlaufbahn des Mars bekamen sie zufriedenstellenden Subäther-Kontakt mit den Verfolgerschiffen. Dabei wurde für das Gespräch der Zerhacker benutzt.

Es war Ratsmann Ben Wessilewsky, der ihnen von Bord der *T.S.S. Harpoon* antwortete.

»Lucky!« rief er erfreut. »Schließen Sie sich uns an? Großartig!« Auf dem Bildschirm erschien sein grinsendes Gesicht. Er kniff ein Auge zu. »Haben Sie auf Ihrem Bildschirm noch Platz für Bigmans häßliche Visage? Oder ist er nicht mit Ihnen?«

»Hier bin ich«, rief Bigman und schob sich vor Lucky. »Denken Sie, Chef Conway ließe diesen langen Kerl ohne mich losziehen? Wer sollte dann aufpassen, daß er nicht über seine großen Füße stolpert?«

Lucky packte Bigman und klemmte sich den kreischenden Kleinen unter einen Arm. »Haben Sie die Position des Schiffes, hinter dem wir her sind, Wess?«

Wess wurde sofort ernst und gab die Position durch. »Das Schiff ist die *Net of Space.* Ein Privatkreuzer mit ordnungsgemäßen Papieren. Agent X muß sie unter falschem Namen gekauft und seit langer Zeit für den Notfall vorbereitet haben. Sie ist ein feines Schiff und hat seit dem Start die Geschwindigkeit ständig beschleunigt. Wir bleiben zurück.«

»Wie sind denn seine Treibstoffvorräte?«

»Wir haben uns bei der Herstellerfirma erkundigt. So, wie er mit seinem Treibstoff umgeht, kann er nicht mehr lange durchhalten. Er muß entweder bald die Triebwerke abstellen, oder er büßt an Manövrierfähigkeit ein, wenn er sein Ziel erreicht. Wir rechnen damit, daß wir ihn in diese Zwangslage treiben können.«

»Andererseits kann er schlau genug gewesen sein, zusätzliche Treibstofftanks einzubauen.«

»Wahrscheinlich ja«, sagte Wess. »Aber auch dann kann er nicht auf die Dauer in dieser Form weiterjagen. Ich mache mir eher Sorgen, daß er sich durch Asteroidenspringen unserer Ortung enzieht.«

Lucky kannte diesen Trick. Man brachte einen Asteroiden zwischen sich und den Verfolger, und sofort sprach dessen Masse-Detektor auf den Asteroiden an und nicht auf das verfolgte Schiff. Kam der nächste Asteroid in Sicht, brachte sich das Schiff hinter ihm in Sicherheit. Indessen orteten die Instrumente des Verfolgers immer noch den ersten Asteroiden.

»Für dieses Manöver hat er zuviel Tempo drauf«, wandte Lucky ein. »Er müßte schon einen halben Tag lang die Geschwindigkeit herabsetzen.«

»Es wäre ein Wunder, wenn es ihm gelänge«, gab Wess freimütig zu. »Aber langsam beginne ich an Wunder zu glauben. Denn es war auch ein Wunder, daß wir ihm überhaupt auf die Spur gekommen sind.«

»Erzählen Sie doch mal! Der Chef erwähnte, daß gerade wegen eines Luftnotfalls ein allgemeines Startverbot herrschte.«

»Ganz recht.« Wess erzählte die Geschichte kurz und eindrucksvoll. Dorrance oder Agent X – Wess nannte ihn mal so, mal so – hatte die Lichtschranken-Überwachung durch ein besonderes Instrument außer Kraft gesetzt. Sie hatten das Instrument später gefunden. Aber es war so zerstört worden, daß nicht einmal zu bestimmen war, ob es auf der Erde oder auf einem sirianischen Planeten hergestellt worden war.

Jedenfalls erreichte Agent X sein Schiff *Net of Space* ohne Schwierigkeiten. Er war startbereit – der Protonen-Mikroreaktor war aktiviert, Motor und Skalen waren gecheckt, der Luftraum über ihm frei –, genau da war ein durch Meteortreffer beschädigtes Frachtschiff in der Stratosphäre aufgetaucht und hatte verzweifelt um freie Landebahn gebeten.

Sofort wurde allgemeines Startverbot angeordnet. Alle Schiffe mußten im Hafen bleiben. Wer noch nicht abgehoben hatte, mußte den Countdown unterbrechen.

Die *Net of Space* kümmerte sich nicht um das Startverbot. Lucky Starr konnte sich gut in die Gefühle des Agenten X hineinversetzen. Er besaß die heißesten Informationen aus dem Sonnensystem. Für ihn zählte jede Sekunde. Nun da er enttarnt war, konnte es nicht lange dauern, und der Rat würde ihm auf den Fersen sein.

Ein Abbruch der Startvorbereitungen würde eine Verzögerung von unbestimmter Dauer bedeuten. Er müßte die Notlandung des angeschlagenen Schiffs abwarten. Erst wenn die Krankenwagen und Hilfsfahrzeuge das Feld geräumt hatten, konnte er den Mikroreaktor wieder aktivieren. Ein neues Durchgehen der Checkliste wäre unumgänglich. Nein, diese Verzögerung konnte er sich nicht leisten. Also ließ er die Turbinen an und hob ab.

Vielleicht wäre Agent X sogar unerkannt entkommen. Zwar heulten die Alarmsirenen, und die Polizei schickte der *Net of Space* wilde Funksprüche hinterher. Aber nur Ratsmann Wessilewsky, der gerade Routinedienst im Raumschiffhafen versah, ergriff die richtigen Maßnahmen. Er hatte bei der Suche nach Agent X mitgewirkt, und als da ein Schiff in einer Verzweiflungsaktion gegen das allgemeine Startverbot verstieß, kam er auf die Idee, das müsse Agent X sein. Es war ein Schuß ins Blaue. Aber er handelte unverzüglich.

Gestützt auf die Autorität des Wissenschaftsrats – die höchste Gewalt, abgesehen von einem direkten Befehl des Präsidenten der Terranischen Föderation – schickte er Wachschiffe in den Weltraum, setzte sich mit dem Hauptquartier des Rats in Verbindung und ging selber an Bord der *T.S.S. Harpoon,* um die Verfolgung zu leiten. Er befand sich schon seit einigen Stunden im Weltraum, ehe die Ermittlungen zu einem Ergebnis führten. Und da erhielt er die Nachricht, daß er in der Tat niemand anders als Agent X verfolge und man ihm weitere Schiffe zur Unterstützung nachsenden werde.

Lucky hatte schweigend zugehört. Jetzt sagte er ernst: »Es war ein kühner Entschluß von Ihnen, Wess, aber er hat sich gelohnt. Sie haben genau richtig gehandelt. Gut gemacht!«

Wess grinste zufrieden. Ratsmänner vermieden aus Tradition jede Publicity und die Fangstricke öffentlichen Ruhms. Aber die Anerkennung von Ratskollegen tat jedem wohl.

»Ich setze die Verfolgung fort«, sagte Lucky. »Lassen Sie eins Ihrer Schiffe Massekontakt mit mir halten!«

Er beendete das Gespräch. Wie liebkosend schlossen sich seine kräftigen, wohlgeformten Hände um die Kontrollen seines Schiffs – seiner *Shooting Starr,* die in vieler Hinsicht das hervorragendste Schiff im Weltraum war.

Die *Shooting Starr* besaß die stärksten Protonen-Mikroreaktoren, die in ein Schiff dieser Größe eingebaut werden konnten. Diese Reaktoren konnten sie fast auf die Geschwindigkeit eines Schlachtkreuzers beschleunigen. Und es fehlte nicht viel daran, daß sie den Großen Sprung durch den Hyperraum bewältigt hätten.

Der Ionen-Antrieb des Schiffs wirkte gleichmäßig auf sämtliche Atome an Bord ein, einschließlich der lebenden Körper von Lucky und Bigman. Dadurch wurden die meisten üblen Erscheinungen bei heftiger Beschleunigung aufgehoben. Die größte Errungenschaft aber war der kürzlich entwickelte und noch nicht ganz ausgereifte Agravmotor, der ein freies Manövrieren auch innerhalb der gewaltigen Schwerefelder großer Planeten ermöglichte.

Und jetzt dröhnten die mächtigen Motoren der *Shooting Starr* ein wenig schriller, und Lucky fühlte den leichten Andruck, den der Ionen-Antrieb nicht völlig ausgleichen konnte. Das Schiff steuerte in die fernen Räume des Sonnensystems, schneller, schneller, immer schneller …

Noch immer zehrte Agent X von seinem Vorsprung. Die *Shooting Starr* holte nur langsam auf. Als der Hauptteil des Asteroidengürtels hinter ihnen lag, sagte Lucky: »Es sieht schlecht aus, Bigman.«

Der schaute ihn überrascht an. »Aber wir holen ihn ein, Lucky!«

»Mir gibt seine Fahrtrichtung zu denken. Ich hatte angenommen, daß ein sirianisches Mutterschiff irgendwo im Verborgenen lauert, ihn aufnimmt und dann den Großen Sprung heimwärts unternimmt. Es würde entweder weit außerhalb der Sonnenbahn oder im Asteroidengürtel auf ihn warten. Dort wäre es ziemlich sicher vor Entdeckung. Aber Agent X bleibt innerhalb der Sonnenbahn und verläßt den Asteroidengürtel!«

»Vielleicht will er uns abschütteln, bevor er Richtung auf das Mutterschiff nimmt.«

»Vielleicht«, sagte Lucky. »Oder aber die Sirianer haben einen Stützpunkt auf einem unserer äußeren Planeten.«

»Nun mach mal halblang, Lucky!« Der kleine Marsmensch kicherte herablassend. »Direkt vor unserer Nase?«

»Ja. Was direkt vor unserer Nase vorgeht, entgeht einem besonders leicht. Jedenfalls fliegt er genau auf Saturn zu.«

Bigman überzeugte sich an den Schiffscomputern, die den Kurs des anderen ständig kontrollierten. »Hör mal, Lucky, der Kerl fliegt seit 36 Millionen Kilometern ohne Motorenkraft auf einem rein ballistischen Kurs. Vielleicht ist ihm der Treibstoff ausgegangen.«

»Oder er spart sich den Treibstoff für Manöver im Saturnsystem auf. Denn dort gibt es gewaltige Schwerkraftfelder. Wenigstens *hoffe* ich, daß er sich Treibstoff aufspart. Große Galaxis, ich hoffe es stark!« Luckys schmales, hübsches Gesicht war von tiefem Ernst überschattet, und er preßte die Lippen aufeinander.

Bigman sah ihn erstaunt an. »Bei den Sandstürmen des Mars, Lucky, warum?«

»Wenn es im Saturnsystem einen sirianischen Stützpunkt gibt, kann nur Agent X uns dort hinführen. Saturn besitzt einen Riesenmond, acht große Trabanten und einige Splitterkörper. Der Möglichkeiten gibt es also viele.«

Bigman zog die Brauen zusammen. »Der Kerl wird doch nicht so dumm sein, uns hinzuführen!«

»Oder sich vielleicht von uns fangen zu lassen ... Bigman, berechne mal seinen Kurs bis zum Eintritt in die Umlaufbahn des Saturn!«

Bigman gehorchte. Es war eine leichte Routinearbeit für den Computer.

»Und jetzt brauche ich Saturns Position zu dieser Zeit«, sagte Lucky. »Wie weit wird das Schiff des Agenten X dann von Saturn entfernt sein?«

Bigman mußte erst einige Daten nachschlagen, dann gab er sie in den Computer ein. Dessen Rechenvorgang dauerte nur wenige Sekunden. Plötzlich sprang Bigman erschrokken auf.

»Lucky, bei den Sandstürmen des Mars!«

Lucky brauchte gar nicht erst nach Einzelheiten zu fragen. »Offenbar verfolgt Agent X den einzig möglichen Kurs, um uns von dem sirianischen Stützpunkt abzulenken. Wenn er auf seiner ballistischen Flugbahn verbleibt, stürzt er auf Saturn – und damit in den sicheren Tod.«

III

TOD IN DEN RINGEN

Stunden bewiesen die Richtigkeit von Luckys Voraussage. Auch in den Schiffen der Verfolgerflotte, die weit hinter der *Lucky Starr* zurückgeblieben waren, herrschte Aufregung. Wegen der großen Entfernung zum Schiff des Agenten X lieferten ihre Masse-Detektoren keine einwandfreien Ergebnisse.

Ratsmann Wessilewsky nahm Verbindung mit der *Lucky Starr* auf. »Sagen Sie mal, Lucky«, fragte er, »wohin fliegt er denn?«

»Direkt auf Saturn zu, scheint mir«, antwortete Lucky.

»Glauben Sie, daß beim Saturn ein Schiff auf ihn wartet? Ich weiß, daß der Planet viele tausend Kilometer Atmosphäre hat mit einem Luftdruck von Millionen von Tonnen, und ohne Antigrav-Motoren ist es reinweg unmöglich ... Lucky, haben die etwa Antigrav-Motoren und Kraftfeldblasen?«

»Ich glaube, daß er eine Bruchlandung machen will, um der Gefangennahme zu entgehen.«

»Wenn er so scharf darauf ist zu sterben«, bemerkte Wess trocken, »wäre es vernünftiger, mit uns zu kämpfen. Da könnte er doch eventuell noch ein oder zwei von uns mit in die Hölle nehmen.«

»Daran hab' ich auch schon gedacht«, sagte Lucky. »Und warum schließt er nicht seine Motoren kurz und fliegt 160 Millionen Kilometer am Saturn vorbei? Es gibt mir wirklich zu denken, daß er uns mit aller Gewalt zum Saturn lenkt.« Lucky schwieg und dachte nach.

Wess hatte eine Idee! »Vielleicht können Sie ihm den Weg abschneiden, Lucky? Bei der heiligen Glaxis, *wir* sind zu weit zurück.«

Bigman schaltete sich von seinem Platz am Intrumentenbord ein. »Bei den Sandstürmen des Mars, Wess, es ist nicht zu schaffen. Wenn wir unseren Ionenantrieb auf Touren bringen, werden wir zu schnell und haben keine Chance, ihm den Weg zum Saturn abzuschneiden.«

»Menschenskinder, tut doch irgendwas!«

»Beim Weltraum, das ist ein intelligenter Auftrag«, mekkerte Bigman. »Wirklich Klasse. ›Menschenskinder, tut doch irgendwas!‹«

»Bleiben Sie auf Kurs, Wess«, sagte Lucky. »Ich *werde* irgendwas tun.

Er beendete das Gespräch und fragte Bigman: »Hat er irgendwie auf unsere Signale reagiert?«

»Überhaupt nicht.«

»Okay. Konzentriere dich bitte darauf, seine Sendefrequenz ausfindig zu machen!«

»Ich meine, daß er bisher noch keine benutzt hat, Lucky.«

»Dann wird er es im letzten Augenblick tun. Muß er ja,

weil er seinen Leuten noch was mitzuteilen hat. Inzwischen werde ich auf ihn schießen.«

»Wie denn?«

»Ein Schrotkorn mit Raketenantrieb.«

Und damit war Lucky an der Reihe, den Computer zu füttern. Da die *Net of Space* antriebslos auf einer ballistischen Flugbahn im Bereich des Saturn flog, war es kein großes Kunststück, Abschußwinkel und Geschwindigkeit eines Schrotkorns zu berechnen.

Lucky lud das Geschoß. Kein Explosivgeschoß! War ja auch nicht nötig. Es hatte nur einen Durchmesser von sechs Millimetern. Aber der Abschuß durch den Protonen-Mikromeiler verlieh ihm eine Geschwindigkeit von 800 Kilometern in der Sekunde. Im Vakuum des Weltraums würde sich dieses Tempo nie verringern. Das Schrotkorn würde beim Aufprall durch die Hülle der *Net of Space* fahren wie ein heißes Messer durch Butter.

Aber Lucky hatte gar nicht die Absicht, das Schiff des Agenten X zu treffen. So klein das Geschoß war, würde es doch von den Masse-Detektoren der *Net of Space* erfaßt werden. Automatisch würde das Schiff seinen Kurs ändern, um dem Geschoß zu entgehen. Aber diese Kursänderung würde seine Flugbahn wieder vom Saturn entfernen. In der Zeit, die Agent X brauchte, den neuen Kurs zu berechnen und wieder in den alten einzulenken, konnte die *Lucky Starr* ihm vielleicht nahe genug kommem, um einen magnetischen Enterhaken nach ihm auszufahren.

Es war nur eine geringe, eine hauchdünne Chance, aber eine andere Möglichkeit gab es nicht.

Lucky drückte einen Knopf. Ein lautloser Blitz flammte auf. Das winzige Geschoß jagte davon. Der Zeiger auf der Skala des Masse-Detektors schwang wild aus und fiel dann langsam auf Null zurück, als sich das Geschoß entfernte.

Lucky lehnte sich zurück. Es würde zwei Stunden dauern, bis das Geschoß sein Ziel – beinahe – erreichte. Plötzlich fiel Lucky noch eine andere Möglichkeit ein. Vielleicht hatte Agent X keinen Treibstoff an Bord! Dann würde das Schiff auf das automatisch angeordnete Ausweichmanöver nicht reagieren. Das Geschoß würde das Schiff treffen, vielleicht sogar zerstören. Zumindest aber bliebe sein Kurs weiterhin in Richtung Saturn.

Doch ernsthaft rechnete er nicht damit. Er konnte nicht glauben, daß Agent X auf Kollisionskurs mit dem Planeten gegangen war, wenn er seine Treibstoffvorräte erschöpft hatte. Nein, nein, er mußte noch etwas in Reserve haben!

Tödlich langsam schlichen die Stunden des Wartens dahin. Tief unten auf der Erde wurde Hector Conway ungeduldig. Die in regelmäßigen Abständen gefunkten Bulletins waren ihm zu nichtssagend. Er nahm Subäther-Verbindung mit Lucky auf.

Besorgt fragte er: »An welchen Punkt des Saturnsystems vermutest du denn den feindlichen Stützpunkt?«

Lucky äußerte sich sehr vorsichtig. »Falls es überhaupt einen gibt und Agent X uns nicht mächtig an der Nase herumführt, würde ich auf Titan tippen. Es ist der einzige wirklich große Saturnmond. Er besitzt die dreifache Masse unseres Mondes und die doppelte Oberflächengröße. Wenn die Sirianer sich dort eingegraben haben, wird es eine verflucht lange Zeit dauern, den ganzen Titan nach ihnen abzusuchen.«

»Ich kann kaum glauben, daß sie sich zu einem solchen Wagnis hinreißen ließen. Es wäre ja bereits ein kriegerischer Akt!«

»Mag schon sein, Onkel Hector. Aber es ist ja auch noch nicht lange her, daß sie versuchten, auf Ganymed einen Stützpunkt zu errichten.« *)

Ein scharfer Ruf Bigmans: »Lucky, er bewegt sich!«

Lucky sah überrascht zu ihm hin. »Wer bewegt sich?«

»Die *Net of Space.* Der Lump vom Sirius.«

»Ich melde mich später wieder, Onkel Hector«, sagte

*) Siehe Science Fiction Action Band 21141. »Lucky Starr im Asteroidengürtel«

Lucky hastig und beendete das Gespräch. »Aber du mußt dich irren, Bigman«, sagte er. »Er kann unser Geschoß noch gar nicht entdeckt haben.«

»Sieh es dir selber an, Lucky. Ich sage dir, er weicht vom Kurs ab!«

Mit einem Sprung war Lucky an den Masse-Detektoren der *Shooting Starr*. Die Instrumente waren jetzt seit Stunden auf das verfolgte Schiff eingestellt, das antriebslos durch den Weltraum flog. Und seit Stunden zeichnete es sich auf dem Bildschirm als kleiner heller Punkt ab.

Jetzt war der Punkt in Bewegung geraten und zu einem kurzen Strich geworden.

Luckys Stimme war sanft, aber eindringlich. »Große Galaxis, jetzt ist mir alles klar! Selbstverständlich, so macht es Sinn! Wie konnte ich nur annehmen, daß es ihm in erster Linie darum ging, der Gefangennahme zu entgehen? Bigman ...

»Ja, Lucky, was ist?« Bigman war zu jeder Tollkühnheit bereit.

»Er hat uns ausmanövriert. Wir müssen ihn jetzt abschießen. Auch auf die Gefahr hin, daß wir selber auf dem Saturn zerschellen.«

Vor einem Jahr waren die Ionenstrahldüsen auf die *Shooting Starr* montiert worden. Jetzt setzte Lucky diesen zusätzlichen Antrieb zum erstenmal ein. Das Schiff taumelte, als es mit einem riesigen Zusatzstrahl fast bis zur Grenze seiner Möglichkeiten beschleunigte. Bigman rang nach Luft. »Aber worum geht es denn eigentlich, Lucky?«

»Sein Ziel ist gar nicht Saturn, Bigman. Er hat sich nur sämtliche Kräfte seines Schwerefeldes zunutze gemacht, um den Vorsprung vor uns zu halten. Nun steuert er vom Planeten weg in eine Umlaufbahn. Sein Zilel sind die Ringe, die Ringe des Saturn!« Das Gesicht des jungen Ratsmanns war hart und angespannt. »Stell dich auf seinen Kommunikationstrahl ein, Bigman! Er wird jetzt sprechen. Er muß es tun! Jetzt oder nie!«

Bigman fühlte wie sein Herz schneller schlug, als er sich über den Wellenanalysator beugte. Beim besten Willen konnte er nicht begreifen, warum die Ringe des Saturn Lucky so in Unruhe versetzten.

Das winzige Geschoß der *Shooting Starr* verfehlte sein Ziel um mehr als 80 000 Kilometer. Aber inzwischen war die *Shooting Starr* selbst zu einem Geschoß geworden, das sein Ziel verzweifelt suchte …

Und es auch verfehlen würde.

»Wir schaffen es nie«, stöhnte Lucky. »Der Abstand ist zu kurz …«

Saturn stand mittlerweile riesig am Himmel. Die Ringe wirkten wie dünne Schmisse auf seinem Antlitz. Die gelbe Kugel des Planeten erschien nahezu voll, als die *Shooting Starr*, die Sonne im Rücken, auf sie zuschoß.

Und plötzlich explodierte Bigman. »Dieser verfluchte krumme Hund! Er versteckt sich in den Ringen! Jetzt verstehe ich, was du meinst, Lucky.«

Wie ein Wilder betätigte er den Masse-Detektor. Aber es war bereits hoffnungslos. Sobald er einen Teil der Ringe aufs Korn nahm, erschien jeder einzelne der unzähligen Trümmerbrocken, aus denen die Ringe bestanden, als heller Punkt auf dem Bildschirm. Nach kurzer Zeit war der Schirm blendend weiß und die *Net of Space* verschwunden.

Lucky schüttelte den Kopf. »Das Problem ist immer noch zu lösen. Wir sind so dicht hinter ihm, daß wir Sichtkontakt aufnehmen können. Aber ich befürchte etwas anderes … Ich bin sicher, daß er es tut …«

Bleich vor Konzentration hatte Lucky den Bildschirm im Schiffsbug auf stärkste Vergrößerung eingestellt. Er sah nun die *Net of Space* als einen winzigen Metallzylinder, der hinter den Gesteinsbrocken der Ringe zwar manchmal schwer zu sehen, aber nie völlig verborgen war. Die Ringe waren im allgemeinen aus Materie zusammengesetzt, deren Bestandteile selten größer als Kieselsteine waren. Sie funkelten als winzige Punkte im Licht der fernen Sonne.

»Lucky!« meldete sich Bigman. »Ich bin auf seinem Nachrichtenstrahl ... Nein, nein, warte doch mal! Ja, jetzt hab' ich ihn!«

In der Kanzel war eine verzerrte Stimme zu hören, aber man konnte sie nicht verstehen. Störungen überlagerten sie, und die Geräusche ergaben keinen Sinn.

Mit geschickten Fingern bediente Bigman den Antizerhakker, und von Sekunde zu Sekunde näherte er sich den bisher unbekannten Bereichen des sirianischen Zerhackersystems.

Manchmal wurde die Stimme fast unhörbar. Dann kam sie wieder zurück. Dann wieder war nur das schwache Summen des Aufnahmegeräts zu hören, das ständig jeden Laut von außen registrierte.

Und dann verstanden sie Wortfetzen: »... kei ... Sorge ... hinter mir ...«

Eine Pause trat ein, während der Bigman wie ein Wilder an seinen Schaltern fummelte.

»... de verfolgt ... konnte nicht abschütteln ... bin erledigt ... muß übermitteln ... rns Ringe, normaler Uml ... on abgeworfen ... dinaten ... bitte merken ... Koordinaten sind wie folgt ...«

Und genau an diesem Punkt brach alles ab: die ferne Stimme, die Störungen, eben alles.

»Beim Mars«, heulte Bigman, »hier ist was kaputt!«

»Hier nicht«, sagte Lucky beruhigend. »Aber auf der *Net of Space.*«

Er hatte es bereits gesehen. Es ereignete sich zwei Sekunden nach der Funkstille. Der Zeitunterschied erklärte sich aus der Lichtgeschwindigkeit von »nur« 300 000 Kilometern pro Sekunde und der fast unbegrenzten Geschwindigkeit im Subäther.

Das Licht brauchte zwei Sekunden, um den Bildschirm in Luckys Schiff zu erreichen. Dann sah er mit an, wie das hintere Ende der *Net of Space* kirschrot aufglühte, sich öffnete und in einer Blüte schmelzenden Materials verging.

Bigman bekam noch den Schluß der Katastrophe mit. Wortlos sahen er und Lucky die *Net of Space* verglühen.

Kopfschüttelnd sagte Lucky: »Wie ist das zu deuten? Er war noch nicht mitten in den Ringen, sondern erst an ihren Rändern. Aber schon da begegnet man einer Menge von fliegenden Kieselsteinen. Vielleicht hatte er nicht mehr genügend Treibstoff, um einem auszuweichen. Vielleicht kamen auch mehrere aus verschiedenen Richtungen auf ihn zu, und er zerschellte zwischen ihnen. Auf jeden Fall war er ein tapferer Mann. Aber darüber dürfen wir nicht vergessen, daß er vor allem ein Feind war, der mit allen Wassern gewaschen war.«

»Ich begreife das alles nicht, Lucky. Was hat er bezweckt?«

»Du begreifst es immer noch nicht? Ich gebe zu, ich bin auch erst spät darauf gekommen. Es war nicht so, daß er den Tod unbedingt der Gefangenschaft vorzog. Diese Alternative war in seinen Überlegungen nicht vorrangig. Für ihn stand an erster Stelle, daß seine gestohlenen Nachrichteninformationen zum Sirius gelangten! Sollte er alles über den Subäther funken? Informationen, die mehrere tausend Wörter umfaßten? Noch dazu mit Verfolgerschiffen hinter sich, die möglicherweise seinen Nachrichtenstrahl anzapften? Nein. Er entschied sich für ein praktischeres Verfahren. Er sorgte dafür, daß eine Kapsel, die alle gestohlenen Informationen enthielt, in die Hände der Sirianer gelangen mußte.«

»Aber wie brachte er so etwas fertig?«

»Denke an das, was wir von seiner Botschaft auffingen! ›Normaler Uml‹ – heißt natürlich ›normaler Umlauf‹. Und das folgende ›on abgeworf‹ lese ich als ›schon abgeworfen‹!«

Bigman packte Luckys Arme. Seine kurzen Finger schlossen sich fest um dessen sehnige Gelenke. »Er hat die Kapsel in den Ringen abgeworfen, stimmt es, Lucky? Und jetzt ist sie ein Kieselstein unter Trillionen anderer Kieselsteine, wie ein Sandkorn in der Wüste oder ein Tropfen im Ozean.«

»Oder«, fiel Lucky ein, »wie ein Kieselstein in den Ringen des Saturn – was von allem das Schlimmste ist. Allerdings ereilte ihn der Tod, bevor er die Koordinaten des Umlaufs durchgeben konnte, den die Kapsel nimmt. Also wissen die Sirianer nicht mehr darüber als wir. Aber wir dürfen uns kein Zögern erlauben.«

»Mit der Suche beginnen? Gleich jetzt?«

»Sofort! Er schickte sich gerade an, die Koordinaten durchzugeben, obwohl er annehmen mußte, daß wir sie mithören konnten, weil wir dicht hinter ihm waren. Daraus folgt, daß er auch die Sirianer in der Nähe wußte ... Nimm Verbindung mit unserer Flotte auf, Bigman, und informiere sie!«

Als Bigman sich dem Nachrichtengerät zuwandte, glühte der Empfangsknopf rot auf. Das bedeutete, daß er Radiowellen auffing. Radiowellen. Normale Funkverbindung also! Da funkte offensichtlich jemand der sich in der Nähe befand, sicherlich innerhalb des Saturnsystems. Er schien keinerlei Wert auf Geheimhaltung zu legen. Denn im Gegensatz zu subätherischen Nachrichtenverbindungen waren Radiowellen beinahe von jedem Kind aufzufangen.

Luckys Augen verengten sich. »Geh auf Empfang, Bigman!«

Gleich darauf hörten sie die Stimme. Sie sprach mit jenem berüchtigten Akzent, den langgezogenen Vokalen und scharfen Konsonanten. Die Stimme eines Sirianers!

Sie sprach: »... ren Sie sich, da wir uns sonst gezwungen sehen, Sie einzufangen und in Schutzhaft zu nehmen. Sie haben 14 Minuten Zeit, den Empfang zu bestätigen.« Es folgte eine Minute lang Schweigen. Dann: »Im Namen der Zentralmacht werden Sie aufgefordert, sich zu identifizieren, da wir uns sonst gezwungen sehen, Sie einzufangen und in Schutzhaft zu nehmen. Sie haben 13 Minuten Zeit, den Empfang zu bestätigen.«

»Empfang bestätigt«, antwortete Lucky kalt. »Hier ist die *Shooting Starr* von der Erdföderation auf Friedensflug innerhalb eigenen Gebiets.«

Diesmal herrschte eine, höchstens zwei Sekunden Stille. Radiowellen bewegen sich ja nur mit Lichtgeschwindigkeit. Dann antwortete die fremde Stimme: »Die Befehlsgewalt der Erdföderation kann nicht auf einem Himmelskörper anerkannt werden, der von Sirianern kolonisiert wurde.«

»Welcher Himmelskörper soll das sein?« fragte Lucky.

»Das bisher unbewohnte Saturnsystem wurde von unserer Regierung in Besitz genommen – nach dem interstellaren Gesetz, das jeden unbewohnten Himmelskörper dem zuspricht, der ihn als erster besiedelt.«

»Nicht *jeden* unbewohnten Himmelskörper. Sondern jedes unbewohnte Sonnensystem!«

Die Stimme ging auf diesen Einwand nicht ein. Sie kündigte unbewegt an: »Sie befinde sich jetzt innerhalb des Saturnsystems und werden aufgefordert, sich unverzüglich daraus zu entfernen. Jedes Verzögern Ihres Rückzugs wird zur Folge haben, daß Sie in Schutzhaft genommen werden. Sollten noch weitere Schife der Erdföderation in unser Gebiet eindringen, werden sie ohne vorherige Warnung in Schutzhaft genommen. Sie werden spätestens in acht Minuten mit dem beschleunigten Rückzug beginnen, oder wir treten in Aktion.«

Bigmans Gesicht zuckte vor ungebührlicher Vorfreude. Er flüsterte: »Ran und schnappen wir sie uns, Lucky! Zeigen wir ihnen, wie die alte *Shooter* zu kämpfen versteht.«

Aber Lucky beachtete ihn nicht. Er sagte laut: »Wir haben Ihre Botschaft erhalten. Wir erkennen die sirianische Herrschaft in diesem Gebiet nicht an, haben uns aber aus eigenem Willen dazu entschlossen, das Gebiet zu verlassen, und werden es jetzt tun.« Damit unterbrach er die Verbindung.

Bigman war entsetzt. »Bei den Sandstürmen des Mars, Lucky! Rennen wir vor einer Horde Sirianern davon? Lassen wir die Sirianer die Kapsel in den Ringen des Saturn auffischen?«

»Im Augenblick bleibt uns nichts anderes übrig, Bigman«, erwiderte Lucky. Er hielt den Kopf gesenkt, und sein Gesicht war bleich und von Qual gezeichnet. Aber in seinen Augen lag ein Ausdruck, der nicht zu einem geschlagenen Manne paßte. Alles andere als das.

IV

ZWISCHEN JUPITER UND SATURN

Der höchste Offizier der Verfolgerflotte – abgesehen von Ratsmann Wessilewsky natürlich – war Captain Myron Bernold.

Der Offizier mit den vier Ärmelstreifen zählte keine 50 Jahre, wirkte aber durch seine athletische Gestalt noch zehn Jahre jünger. Sein Haar zeigte wohl einen Anflug von Grau, aber die Augenbrauen waren noch schwarz, und das glattrasierte Kinn schimmerte blau.

Er starrte den viel jüngeren Lucky Starr mit unverhohlener Verachtung an. »Und Sie haben den Rückzug angetreten?«

Die *Shooting Starr* war auf dem Rückweg den Schiffen der Verfolgerflotte halbwegs zwischen den Bahnen von Jupiter und Saturn begegnet. Lucky war an Bord des Flaggschiffs gegangen.

»Ich habe getan, was getan werden mußte«, entgegnete er ruhig.

»Wenn der Feind unser Sonnensystem angreift, kommt ein Zurückweichen überhaupt nicht in Frage! Kann sein, daß Sie im Weltraum verglüht wären, aber Sie hätten immer noch Zeit genug gehabt, uns zu warnen, und dann hätten wir den Kampf fortgesetzt.«

»Mit wieviel Resttreibstoff in Ihren Mikroreaktoren, Captain?«

Der Captain wurde rot. »Es hätte keine Rolle gespielt, wenn auch wir im Weltraum verglüht wären. Bevor sie uns abgeschossen hätten, hätten wir die Streitkräfte der Erde alarmiert.«

»Und damit einen Krieg vom Zaun gebrochen?«

»Das haben sie bereits getan, die Sirianer ... Ich habe mich entschlossen, den Flug zum Saturn fortzusetzen und anzugreifen.«

Luckys schlanke Gestalt straffte sich. Er war größer als der Captain, und sein kühler Blick wich dem des anderen nicht aus. »Wie Sie wissen, Captain, bin ich Ratsmann des Wissenschaftsrats und stehe daher höher im Rang als Sie. Ich werde keinen Angriffsbefehl erteilen. Ich gebe Ihnen den Befehl, zur Erde zurückzukehren.«

»Eher würde ich ...« Die Wut schien den Captain zu übermannen. Er ballte die Fäuste. Mit mühsam beherrschter Stimme sagte er: »Kann ich die Gründe für diesen Befehl erfahren, Sir?« Voll Ironie betonte er die respektvolle Anrede »Sir«. »Vielleicht sind Sie so gut, Sir, mir die ausgezeichneten Gründe zu nennen, die Sie zweifellos zu dieser Entscheidung bewogen haben, Sir. Mein eigener Entschluß wurde von einer unbedeutenden Tradition bestimmt, die zufälligerweise in der Flotte hochgehalten wird. Ich meine die Tradition, Sir, daß die Flotte niemals zurückweicht.«

»Wenn Sie meine Gründe erfahren wollen, Captain«, sagte Lucky, »dann nehmen Sie Platz, und Sie sollen sie hören. Und versuchen Sie nicht mir weiszumachen, daß die Flotte nie zurückweicht! Rückzug gehört zur militärischen Strategie. Ein kommandierender Offizier, der seine Schiffe lieber vernichten läßt, als den Rückzug anzuordnen, hat seine Stellung als Befehlshaber verwirkt. Ich möchte aber annehmen, daß nur der Zorn aus Ihnen sprach. Nun, Captain, sind wir bereit und in der Lage, Krieg zu führen?«

»Und ich sage Ihnen, die Sirianer führen bereits Krieg gegen uns. Sie haben die Invasion auf das Gebiet der Terranischen Föderation begonnen.«

»Nicht direkt. Sie haben einen unbewohnten Himmelskörper besetzt. Es ist leider so, Captain, daß der Große Sprung durch den Hyperraum uns bisher unerreichbar erscheinende Sterne sehr nahe gerückt hat. Daher haben die Menschen der Erde Planeten anderer Sterne besiedelt, während sie die entfernteren Teile ihres eigenen Sonnensystems unberührt ließen.«

»Erdmenschen sind auf Titan gelandet. Es war im Jahr ...«

»Ich weiß über den Flug von James Francis Hogg Bescheid. Er landete außerdem auf dem Uranusmond Oberon. Aber das war nur eine Expedition, der keine Besiedlung folgte. Das Saturnsystem blieb unbewohnt, und ein unbewohnter Himmelskörper gehört rechtlich der ersten Macht, die ihn in Besitz nimmt.«

»Nur unter der Bedingung«, wandte der Captain heftig ein, »daß der unbewohnte Planet oder das Planetensystem zu einem unbewohnten Sonnensystem gehört. Das ist bei Saturn nicht der Fall, wie Sie zugeben werden. Er ist Teil unseres Sonnensystems, und bei den heulenden Teufeln des Weltalls, unser Sonnensystem ist bewohnt!«

»Das stimmt. Aber soviel ich weiß, gibt es über diesen Punkt keine übereinstimmenden Rechtsauffassungen. Es könnte durchaus dahingehend entschieden werden, daß Sirius mit der Besetzung des Saturn rechtmäßig handelte.«

Der Captain schlug mit der Faust auf den Tisch. »Ich schere mich nicht darum, was die Weltraum-Rechtsgelehrten meinen. Saturn gehört uns, und jeder Erdmensch mit Blut in den Adern wird mir zustimmen. Wir vertreiben die Sirianer und lassen die Waffen entscheiden, wer im Recht ist!«

»Aber gerade das will Sirius doch!«

»Um so besser. Erfüllen wir ihm den Wunsch!«

»Und stehen vor aller Welt als Aggressoren da ... Captain, es gibt 50 Himmelskörper in anderen Sternensystemen, deren Bewohner nie vergessen werden, daß sie einmal zu unserem Kolonialreich zählten. Wir haben ihnen zwar allen Freiheit und Unabhängigkeit gegeben, ohne Krieg und äußeren Zwang. Aber dieser Umstand ist bei ihnen leider in Vergessenheit geraten. Dagegen steht ihnen ständig vor Augen, daß unsere Welt über die größte Bevölkerungszahl verfügt und am höchsten entwickelt ist. Wenn Sirius uns lauthals beschuldigt, einen Akt unprovozierter Aggression begangen zu haben, wird er alle anderen auf seiner Seite haben. Deshalb provozieren sie uns ja jetzt. Sie wollen von uns angegriffen werden! Und nur deshalb weigerte ich mich, ihnen in die Falle zu gehen, und trat den Rückzug an.«

Der Captain biß sich auf die Unterlippe. Bevor er antworten konnte, hatte Lucky wieder das Wort ergriffen.

»Wenn wir aber nicht angreifen, können wir die Sirianer der Aggression bezichtigen und damit die öffentliche Meinung der äußeren Welten stark beeinflussen. Spielen wir dann unsere Karten richtig aus, werden sie alle auf unserer Seite stehen.«

»Die äußeren Welten auf unserer Seite?«

»Warum nicht? In jedem Sonnensystem mit intelligenten Lebewesen gibt es Hunderte unbewohnter Himmelskörper aller Größen. Den Präzedenzfall, daß Bewohner eines Sonnensystems Stützpunkte in einem anderen errichten, fürchten alle gleichermaßen. Im Augenblick liegt der Vorteil also klar auf unserer Seite. Wir dürfen nur nicht den Eindruck erwecken, die Supermacht Erde wolle ihre früheren Kolonien einschüchtern. Dann wären alle sofort gegen uns.«

Der Captain erhob sich und ging in der Kabine auf und ab. Dann sagte er: »Ich bitte um Ihre Befehle.«

Doch vorher wollte Lucky wissen: »Verstehen Sie jetzt, warum ich den Rückzug antrat?«

»Ja. Und wie lauten Ihre Befehle?«

»Schön. Ich befehle Ihnen, die Hülse, die ich Ihnen hier anvertraue, dem Ratsvorsitzenden Hector Conway zu übergeben. Zweitens: Sie haben über die Ereignisse dieser Verfolgungsjagd gegen jedermann, sei es über Subäther, über Radio oder im normalen Gespräch, strengstes Stillschweigen zu bewahren. Drittens: Sie haben sich jeder feindlichen Handlung – ich wiederhole: jeder feindlichen Handlung – gegen sirianische Streitkräfte zu enthalten, es sei denn, sie würden direkt angegriffen. Sollten Sie absichtlich die Konfrontation mit derartigen Streitkräften herbeiführen oder einen Angriff von ihrer Seite provozieren, bringe ich Sie vors Kriegsgericht und setze alles daran, daß Sie verurteilt werden. Ist das klar?«

Das Gesicht des Captain war wie eingefroren. Als er sprach, schien sein Mund aus Holz geschnitzt und schlecht eingefügt. »Mit allem schuldigen Respekt, Sir, wäre es möglich, daß der Ratsmann das Kommando über meine Schiffe selber übernähme und die Botschaft persönlich übermittelt?«

Lucky Starr zuckte nur leicht mit den Schultern. »Sie sind sehr bockbeinig, Captain. Und ich muß sagen, daß mir diese Haltung sogar gefällt. Im Gefecht kann eine derartige Bockbeinigkeit manchmal von großem Nutzen sein … Ich kann aber die Botschaft unmöglich selber überbringen, weil ich die Absicht habe, wieder an Bord der *Shooting Starr* zu gehen und Kurs auf Saturn zu nehmen.«

Die militärische Steifheit des Captain verschwand von einer Sekunde zur anderen. »Was? Bei den heulenden Raumteufeln, was?«

»Ich denke, ich habe mich klar ausgedrückt, Captain. Ich habe dort noch etwas zu erledigen! Meine erste Aufgabe war, die Erde vor den drohenden politischen Gefahren zu warnen. Wenn Sie mir diese Aufgabe abnehmen, indem Sie die Hülse dem Empfänger überbringen, kann ich dort weitermachen, wo meine Anwesenheit jetzt dringend erforderlich ist – im Saturnsystem.«

Überraschend erschien ein breites Grinsen auf dem Gesicht des Captain. »Ach so, das ist was anderes! Ich würde gern mit Ihnen kommen.«

»Das weiß ich, Captain. Kämpfen fällt Ihnen leicht. Sich vor einem Kampf davonmachen, ist ein ungleich härterer Job. Aber ich denke, Sie sind an harte Jobs gewöhnt. Und darum erwarte ich von Ihnen, daß Sie ihn einwandfrei erledigen. Noch etwas: alle Ihre Schiffe haben jetzt einen Teil ihrer Treibstoffvorräte an die Mikroreaktor-Einheiten der *Shooting Starr* abzugeben. Und ich benötige auch noch andere Vorräte.«

»Sie brauchen nur ein Wort zu sagen.«

»Sehr gut. Ich kehre jetzt in mein Schiff zurück. Und ich bitte Ratsmann Wessilewsky, mich bei meinem Unternehmen zu begleiten.«

Er schüttelte dem völlig verwandelten Captain kurz die Hand. Dann betrat er zusammen mit Ratsmann Wessilewsky den Verbindungsgang zwischen dem Flaggschiff und der angedockten *Shooting Starr*.

*

Die beiden Schiffe dockten in weitem Abstand. Der Gang durch den Verbindungsschlauch nahm mehrere Minuten in Anspruch. Er war luftleer. Trotzdem konnten sich die beiden Ratsmänner gut verständigen. Solange sich ihre Raumanzüge berührten, erreichten sie die Schallwellen des anderen. Zwar etwas quakend verzerrt, aber deutlich zu verstehen. Nichts auf der Welt kann vertraulichere Botschaften vermitteln als Schallwellen aus nächster Nähe. Deshalb benutzte Lucky diese Gelegenheit zu einem geheimen Gespräch unter zweien.

Wess hörte sich alles aufmerksam an und fragte schließlich: »Hör mal, Lucky, eins ist mir unklar. Wenn die Sirianer einen kriegerischen Konflikt heraufbeschwören wollen, warum haben sie dich dann entkommen lassen? Warum haben sie dir nicht so lange zugesetzt, bis du gezwungen warst, Front zu machen und dich zum Kampf zu stellen?«

»Was das angeht, Wess, brauchst du dir nur die Tonbandaufnahme anzuhören. Allein die Sprache des sirianischen Schiffs! So gestelzt, so steif! Besonders auffällig: man bedrohte uns nicht mit irgendwelchen körperlichen Verletzungen. Nur mit dem Einfangen durch den magnetischen Enterhaken. Nach meiner Überzeugung handelte es sich um ein von Robotern bemanntes Schiff.«

»Roboter!« Wess riß die Augen weit auf.

»Ja. Deine eigene Reaktion ist typisch. Die Menschen der Erde haben eine übertriebene, durch nichts begründete Angst vor Robotern. In Wirklichkeit sieht es so aus, daß ein von Robotern bemanntes Schiff einem Raumschiff mit menschlicher Besatzung überhaupt nicht gefährlich werden kann. Das erste Robotik-Gesetz verhindert so etwas. Es schreibt vor, daß kein Roboter einem menschlichen Wesen Schaden zufügen darf. Das war ja der gemeine Trick von ihnen. Hätte ich angegriffen – wie sie wahrscheinlich erwarteten –, dann hätten sie ein großes Geschrei darüber erhoben, daß ich einen mörderischen und völlig unprovozierten Anschlag auf ein harmloses, ja, verteidigungsunfähiges Schiff geführt hätte. Und in den äußeren Welten anerkennt man die Robotik-Gesetze viel allgemeiner und strenger als auf der Erde. Nein, Wess, es gab nur eine Möglichkeit, ihren Plan zu vereiteln. Ich mußte Reißaus nehmen, und das tat ich ja denn auch.«

Inzwischen hatten sie die Luftschleuse der *Shooting Starr* erreicht.

Bigman erwartete sie. Wie üblich begrüßte er Lucky mit einem Lächeln, als fiele ihm bei seinem Anblick nach noch so kurzer Trennung jedesmal ein Stein vom Herzen.

»Hey«, sagte er, »ist es denn die Möglichkeit? Du bist nicht aus dem Verbindungsgang gefallen? Und ... Was will Wess hier?«

»Er kommt mit uns, Bigman.«

Der kleine Marsmensch war sofort verstimmt. »Wozu? Das ist ein Zweimannschiff.«

»Vorübergehend werden wir schon einen Gast unterbringen. Und jetzt müssen wir sofort die Vorbereitungen für die Übernahme von Treibstoff und anderen Versorgungsgütern treffen. Gleich danach beginnt der Countdown für den Start.«

Lucky sprach in einem Ton, der keine Widerrede duldete. Und so enthielt sich Bigman jeden weiteren Kommentars über Wess.

»Wird gemacht«, murmelte der Kleine, warf Ratsmann Wessilewsky noch einen bitterbösen Blick zu und begab sich dann in den Maschinenraum.

»Was für eine Laus ist ihm über die Leber gekrochen?« fragte Wess. »Ich habe kein Wort über seine geringe Größe gesagt.«

»Das mußt du verstehen«, sagte Lucky. »Obwohl er praktisch die Obliegenheiten eines Ratsmanns erfüllt, bekleidet er diesen Rang nicht offiziell. Er ist übrigens der einzige, dem dieser Widerspruch noch gar nicht zu Bewußtsein gekommen ist. Immerhin beunruhigt ihn die Anwesenheit eines zweiten Ratsmannes, weil er argwöhnt, daß wir beide zusammenhalten und vor ihm Geheimnisse haben würden.«

Wess nickte. »Das kann ich verstehen. Schlägst du vor, ihm zu sagen, daß ...«

»Nein.« Obwohl Lucky leise sprach, spürte man den Nachdruck, den er auf dieses Wort legte. »*Ich* sage ihm, was er unbedingt wissen muß. *Du* sagst ihm gar nichts.«

In diesem Augenblick kam Bigman in die Pilotenkanzel zurück. »Wir haben mit der Treibstoffübernahme begonnen«, meldete er. Dann sah er mißtrauisch von einem zum anderen und maulte: »Tut mir leid, wenn ich störe. Soll ich das Schiff verlassen, Gentlemen?«

»Dazu müßtest du mich erst niederschlagen, Bigman«, antwortete Lucky.

Bigman führte schattenboxend einige schnelle Fausthiebe aus. »Halb so wild, mein Junge. Du bildest dir doch nicht ein, daß 30 Zentimeter mehr Fett dich besonders stark machen?«

Lachend stieß Lucky mit dem Arm nach ihm. Doch Bigman kam ihm zuvor. Blitzschnell ging er in den Infight und landete – eins-zwei – links und rechts zwei Boxhiebe auf Luckys Körperpartien.

»Na, fühlst du dich jetzt besser?« fragte Lucky.

Bigman wich tänzelnd zurück. »Ich habe nicht richtig zugeschlagen, damit Ratsmann Conway mich später nicht beschuldigen kann, ich hätte dich verletzt.«

Lucky lachte. »Vielen Dank. Und jetzt habe ich eine Aufgabe für dich. Du mußt einen Flugkurs berechnen und ihn Captain Bernold übermitteln.«

»Na klar, wird gemacht.« Bigman schien völlig versöhnt. Er schmollte nicht mehr.

»Hör mal, Lucky«, sagte Wess, »ich bin bestimmt kein Schwarzseher, aber denk dran, wie dicht wir beim Saturn sind! Die Sirianer kennen bestimmt schon unsere jetzige Position. Und sie werden sofort mitkriegen, wann wir starten und wohin wir fliegen.«

»Ganz meiner Meinung, Wess.«

»Dann möchte ich aber gern wissen, wie wir es fertigbringen sollen, zum Saturn zurückzufliegen, ohne daß sie es merken. Ich fürchte, sie werden uns nicht mehr ins Saturnsystem reinlassen. Wie willst du das verhindern?«

»Eine gute Frage. Ich war gespannt darauf, ob du meinen Plan erraten würdest. Du bist nicht darauf gekommen, und deshalb bin ich ziemlich sicher, daß die Sirianer mir erst recht nicht auf die Schliche kommen, zumal sie sich im Sonnensystem bei weitem nicht so gut auskennen wie wir.«

Wess lehnte sich in den Pilotensitz. »Spiel hier nicht den Geheimnisvollen, Lucky!«

»Die Sache ist einfach. Die ganze Flotte, einschließlich uns, wird gleichzeitig die Raketen zünden und in dichtgeschlossener Formation losfliegen. Das hat zur Folge, daß uns die Sirianer auf die Entfernung mit ihren Masse-Detektoren nicht als einzelne Objekte, sondern nur als einen einzigen Punkt ausmachen. Wir behalten diese Formation bei und fliegen fast auf dem schnellsten Weg in Richtung Erde. Allerdings so, daß wir in den Bereich des Asteroiden Hidalgo kommen, der sich zur Zeit dem sonnenfernsten Punkt seiner Umlaufbahn nähert.«

»Hidalgo?«

»Stell dich nicht dumm, Wess! Du kennst doch Hidalgo! Dieser Asteroid war schon lange vor dem Raumfahrtzeitalter bekannt und registriert. Was ihn so interessant macht, ist der Umstand, daß er nicht ständig im Asteroidengürtel zu finden ist. An seinem sonnennächsten Punkt berührt er die Umlaufsbahn des Mars. An seinem sonnenfernsten Punkt erreicht er beinahe die Bahn des Saturn. Wenn wir in seine Nähe kommen, werden die Masse-Detektoren der sirianischen Raumschiffe Hidalgo registrieren. Aus der Stärke des Ausschlags erkennen sie, daß es sich um einen Asteroiden handelt. Dann werden sie die Masse unserer Flotte entdecken, die auf dem Weg zur Erde für einige Zeit hinter Hidalgo verschwindet. Bald danach kommt sie wieder zum Vorschein. Aber es wird den Sirianern kaum auffallen, daß die Flotte knapp zehn Prozent ihrer Masse eingebüßt hat. Denn die *Shooting Starr* hat abgedreht und bewegt sich nun, von Hidalgo gedeckt, wieder von der Sonne weg. Allerdings können wir nur zwei Tage in Hidalgos Schatten bleiben, weil er nicht direkt auf Saturn zufliegt. Aber nach zwei Tagen, wenn wir ihn verlassen, weichen wir aus der Ekliptik ab und dürfen uns daher ziemlich sicher darauf verlassen, daß man uns auf unserem Weg zum Saturn nicht mehr aufspürt.«

Wess hob die Augenbrauen. »Hoffentlich klappt das, Lucky.«

Er hatte die Vorzüge des Plans sofort erkannt. Die Umlaufbahnen aller Planeten und die Routen der Handelsschiffe lagen sämtlich innerhalb der Ekliptik. Praktisch beobachtete niemand die außerhalb liegenden Zonen. Ein

Raumschiff, das sich dem Saturn auf dem von Lucky gewählten Kurs näherte, konnte durchaus den sirianischen Instrumenten entgehen. Dennoch malten sich Zweifel auf Wess' Gesicht.

»Glaubst du, daß wir es schaffen?« fragte ihn Lucky.

»Vielleicht«, sagte Wess unsicher. »Aber selbst wenn ... Nun, Lucky, ich bin dabei und werde jederzeit meine Pflicht erfüllen, aber ich habe meine eigene Ansicht über das Unternehmen. Ich sage sie dir jetzt – und dann nie wieder. Ich glaube, wir sind schon so gut wie tot!«

V

FLUCHT

Und so blieb die *Shooting Starr* zwei Tage lang in Hidalgos Schatten, bis sie auf einem Kurs außerhalb der Ekliptik weiterflog. Jetzt steuerte sie wieder die Gegend um den Südpol, des zweitgrößten Planeten im Sonnensystem, an.

Niemals hatten sich Lucky und Bigman in der noch jungen Geschichte ihrer Weltraumabenteuer so lange Zeit pausenlos im All aufgehalten. Inzwischen war fast ein Monat vergangen, seitdem sie die Erde verlassen hatten. Aber die kleine Luft- und Wärmeblase der *Shooting Starr* war gewissermaßen ein Stück Erde, das sich für eine fast unbegrenzte Zeit lebensfähig erhalten konnte.

Ihr Treibstoffvorrat war von den übrigen Schiffen der Flotte völlig aufgefüllt worden. Er würde fast ein ganzes Jahr reichen, es sei denn, sie gerieten in eine echte Raumschlacht, Luft und Wasser, die durch die mitgeführten Algentanks ständig wiederaufbereitet wurden, reichten für ein ganzes Leben. Die Algen bildeten sogar eine Nahrungsreserve, falls ihnen einmal die normalen Lebensmittel ausgehen sollten.

Die einzige Unbequemlichkeit brachte die Anwesenheit

eines dritten Mannes mit sich. Bigman hatte ja gleich darauf hingewiesen, daß die *Shooting Starr* für nur zwei Mann konstruiert war. Die ungewöhnliche Konzentration von Treibstoffvorräten, Schnelligkeit und Bewaffnung war durch eine spartanische Ausstattung der Besatzungsräume ermöglicht worden. Bei drei Mann an Bord mußte abwechselnd immer einer von ihnen auf einer Steppdecke in der Pilotenkanzel schlafen.

Lucky erklärte, diese kleine Unbequemlichkeit werde dadurch wettgemacht, daß statt der üblichen Sechsstunden-Wachen an den Kontrollen jetzt nur vierstündige Wachen nötig seien.

»Sicher«, erwiderte Bigman hitzig, »aber wenn ich versuche, auf dieser verdammten Decke Schlaf zu finden und Fettbacke Wess sitzt an den Kontrollen, dann leuchtet er mir andauernd mit den Signallampen ins Gesicht.«

»Zweimal während jeder Wache«, bestätigte Wess in aller Ruhe. »Ich überprüfe, ob alle Kontrollampen in Ordnung sind. Das ist Vorschrift.«

»Und außerdem«, beklagte sich Bigman, »pfeift er dauernd vor sich hin. Hör mal, Lucky, wenn er mir noch einmal den Refrain von ›Meine süße Aphrodite von der Venus‹ vorpeift – nur ein einziges Mal –, springe ich auf und breche ihm beide Arme zwischen Schulter und Ellbogen und erschlage ihn mit den Stümpfen.«

»Wess, pfeif bitte keine Refrains mehr!« sagte Lucky ernst. »Wenn Bigman sich gezwungen sieht, dich zum Schweigen zu bringen, steht das Blut garantiert hinterher knöchelhoch in der Pilotenkanzel.«

Bigman schwieg. Aber als er das nächste Mal Wache hatte, während Wess auf der Steppdecke schlief und höchst unmelodisch schnarchte, brachte er es auf dem Weg zum Pilotensitz irgendwie fertig, Wess auf die Finger zu treten.

Mit einem tigerhaften Schrei fuhr Wess in die Höhe.

»Heiliger Mars!« sagte Bigman, hielt beide Hände abwehrend in die Höhe und rollte wie erschrocken mit den Augen. »Mir war doch eben so, als hätte ich mit meinen schweren Marsstiefeln auf irgend etwas getreten. Mein Gott, Wess, das waren doch nicht etwa ihre goldigen Fingerchen?«

»Von jetzt an sieh dich vor, du Sandratte vom Mars!« brüllte Wess schmerzgepeinigt. »Wenn ich Wache habe und erwische dich im Schlaf, dann zertrete ich dich wie eine Wanze!«

»Ich mache mir jetzt schon vor Angst in die Hosen«, wimmerte Bigman ironisch.

Der Krach weckte Lucky. Müde kam er aus seiner Kabine. »Hört mal beide her!« sagt er finster. »Wer von euch mich noch einmal aus dem Schlaf reißt, der verbringt den Rest unseres Fluges draußen – am Ende einer langen Leine!«

*

Als Saturn und seine Ringe näher ins Blickfeld kamen, saßen sie alle drei auf Beobachtungsposten in der Pilotenkanzel. Normalerweise näherte man sich der Äquatorseite des Saturn, und schon dann bot er den schönsten Anblick im Sonnensystem. Aber jetzt im Anflug auf die Polarregion ...

»Wenn ich mich richtig entsinne«, sagte Lucky, »landete Hoggs Expedition auf Japetus und Titan. Das bedeutet, daß sie nur den Äquatorblick von Saturn genossen. Falls die Sirianer keinen anderen Anflug wählten, sind wir die ersten Menschen, die den Saturn so nahe aus dieser Richtung zu Gesicht bekommen.«

Wie auf Jupiter schien Saturns »Oberfläche« ein sanftes gelbes Licht auszustrahlen. In Wirklichkeit handelte es sich um Sonnenlicht, das von den oberen Schichten einer mehr als 1500 Kilometer hoch reichenden, turbulenten Atmosphäre reflektiert wurde. Und wie auf Jupiter zeichneten sich die atmosphärischen Stürme als verschiedenfarbige Zonen ab. Aus dem üblichen Blickwinkel auf den Äquator erschienen sie streifenförmig. In Wirklichkeit aber, und das sahen die drei Raumfahrer erstmalig, bildeten sie braune, hellbraune und pastellgrüne konzentrische Kreise mit dem Pol als Mittelpunkt.

Aber sogar dieses Schauspiel verblaßte vor den Ringen. Aus ihrer augenblicklichen Entfernung erstreckten sich die Ringe über einen Bogen von 25 Grad, 50mal größer als der Vollmond, von der Erde aus gesehen. Ein Zwischenraum von 45 Bogenminuten trennte den inneren Rand der Ringe von dem Planeten. Der Vollmond hätte locker hineingepaßt.

Die Ringe, die den Saturn umgaben, berührten ihn – jedenfalls aus dem Blickwinkel der *Shooting Starr* – an keiner Stelle. Sie waren zu drei Fünfteln sichtbar. Der Rest lag im Saturnschatten. Ein dunkler Streifen, die sogenannte Cassinilücke, teilte die Ringe in einen breiteren Innen- und einen schmaleren Außenteil. Sie war ungefähr 15 Bogenminuten breit und tiefschwarz. Zwischen Saturn und dem inneren Ringrand schimmerte es funkelnd – der sogenannte Crepering, der nicht völlig in sich geschlossen war.

Die Ringe bedeckten auf dem Bildschirm eine achtmal größere Fläche als die Saturnkugel. Sie waren auch offenbar heller als der Planet selbst. Mindestens 90 Prozent des reflektierten Sonnenlichts stammten von ihnen. Insgesamt waren Saturn samt Ringen hundertmal so hell wie der Vollmond.

Lucky und Bigman hatten den Riesen Jupiter von seinem Planeten Io aus in erschreckender Nähe betrachten dürfen. Aber selbst dieses Erlebnis war ein Nichts gegen den Anblick, der sich ihnen jetzt bot. Als Bigman endlich die Sprache wiederfand, wagte er nur zu flüstern.

»Lucky, wie kommt es, daß die Ringe so hell sind?« fragte er. Dagegen wirkt Saturn fast trübe. Ist das eine optische Täuschung?«

»Nein«, antwortete Lucky, »es ist wirklich so. Zwar erhalten Saturn und seine Ringe das Sonnenlicht in gleicher

Stärke, aber sie reflektieren es unterschiedlich. Die Saturnatmoshäre besteht hauptsächlich aus Wasserstoff und Helium und in geringerem Maße aus Methan. Sie reflektiert ungefähr 63 Prozent des empfangenen Lichts. Die Ringe dagegen bestehen größtenteils aus festem Eis verschiedener Größe, die mindestens 80 Prozent Licht zurückstrahlen. Darum wirken sie viel heller. Es ist, als blicke man auf eine Schneelandschaft.«

»Und in dieser Schneelandschaft«, klagte Wess, »sollen wir nun eine einzelne Schneeflocke finden!«

»Aber eine dunkle Schneeflocke«, warf Bigman eilig ein. »Hör mal, Lucky, wenn die Ringe aus lauter Eisklümpchen bestehen und wir nach einer Metallkapsel suchen ...«

Lucky schüttelte abwehrend den Kopf. »Poliertes Aluminium reflektiert eher noch mehr Licht als Eis. Sie wird also ebenso hell glänzen.«

»Na, dann ...« Bigman sah resigniert auf die Ringe, die noch 800 000 Kilometer entfernt waren und doch schon so riesig wirkten ... »dann ist die Sache hoffnungslos.«

»Das werden wir sehen«, sagte Lucky leichthin.

*

Bigman saß an den Kontrollen und korrigierte den Flugkurs durch kurze, lautlose Stöße aus den Ionenraketen. Die Agravanlage war eingeschaltet, so daß die *Shooting Starr* hier in der Nähe des Saturn mit seinem starken Schwerefeld viel weniger manövrieren konnte, als es jedem sirianischen Schiff möglich sein würde.

Lucky bediente den Masse-Detektor. Der hochempfindliche Sensor durchforschte den Weltraum nach Materie. Fand er welche, so bestimmte er ihre Position. Bei Körpern von geringem Gewicht, indem das Instrument ihre Reaktion auf die Anziehungskraft des Schiffes maß. Bei größeren Körpern auf die umgekehrte Art.

Wess war eben aufgewacht und kam in die Pilotenkanzel. Lautlos sank das Schiff dem Saturn entgegen. Bigman beobachtete Luckys Gesichtsausdruck aus den Augenwinkeln. Je mehr sie sich Saturn näherten, um so mehr hatte sich Lucky von allem anderen abgekapselt. Er war völlig in seine Aufgabe versunken.

Für Bigman war das nichts Neues. Er kannte Lucky zu gut. Er ahnte, daß sein Freund unsicher war. Er spielte ein riskantes Spiel mit hohem Einsatz und wollte kein Wort darüber verlieren.

»Meiner Meinung nach brauchst du dich nicht so intensiv mit den Masse-Detektoren abzugeben, Lucky«, sagte Wess. »Hier sind bestimmt keine anderen Schiffe. Ja, wenn wir in die Nähe der Ringe kommen, dann werden wir welche finden! Wahrscheinlich eine ganze Menge. Die Sirianer suchen auch nach der Kapsel.«

»Soweit bin ich der gleichen Ansicht«, sagte Lucky.

»Vielleicht haben die Kerle sie sogar schon gefunden«, argwöhnte Bigman mit düsterem Gesicht.

»Sogar das ist möglich«, gab Lucky zu.

Ihr Schiff hatte die Richtung geändert. Von jetzt an würden sie in einem Abstand von 125 000 Kilometern um den Saturn fliegen. In der Ferne schienen die Ringe mit der Kugel des Riesenplaneten zu verschmelzen, so daß man ihren Innenrand nicht mehr sah. In der Nähe jedoch zeichnete sich der sogenannte Crepering jetzt erst deutlicher ab.

»Offen gestanden«, sagte Bigman »ich kann nicht erkennen, wo dieser innerste Ring eigentlich aufhört.«

»Wahrscheinlich hört er nirgends richtig auf«, meinte Wess. »Sein Rand ist nur knapp 10 000 Kilometer über dem Saturn, und so weit reicht wohl auch die Atmosphäre.

»10 000 Kilometer!«

»Wenigstens ein Hauch von Atmosphäre, meine ich. Aber das genügt schon, um Schwerkraft auf ein paar Eisklumpen auszuüben und sie in eine engere Bahn um den Saturn zu zwingen. Daraus ist dann der sogenannte Crepering entstanden. Natürlich wird die Schwerkraft immer größer, je näher sie dem Saturn kommen, und so sinken sie allmählich immer tiefer. Es ist anzunehmen, daß überall zwischen Saturn und seinen Ringen Materiestücke kreisen, bis sie in den tiefer gelegenen, dichteren Atmosphäreschichten schließlich verglühen.«

»Dann werden die Ringe also nicht bis in alle Ewigkeit Bestand haben«, sagte Bigman.

»Wahrscheinlich nicht. Aber ein paar Jahrmillionen werden sie bestimmt noch bestehen. Lange genug für uns.« Ernst fügte er hinzu: »Viel zu lange.«

Lucky unterbrach seinen Gedankengang. »Ich verlasse jetzt das Schiff, Gentlemen!« kündigte er an.

»Bei den Sandteufeln des Mars, Lucky, wozu denn nur?« rief Bigman.

»Ich will mich draußen umschauen«, antwortete Lucky kurzangebunden. Dann zog er sich seinen Raumanzug an.

Bigman sah schnell auf die automatischen Aufzeichnungen des Masse-Detektors. Keine Schiffe im Raum! Gelegentlich waren einige Ausschläge verzeichnet, aber nichts von Bedeutung. Sie stammten von einzelnen Meteoriten, die man überall im Sonnensystem traf.

»Übernimm den Masse-Detektor, Wess«, befahl Lucky, »und mach einen Rundum-Check!« Er setzte den Helm auf und verriegelte ihn. Er prüfte die Ventile auf der Brust, den Sauerstoffdruck und schritt zur Luftschleuse. Seine Stimme kam jetzt aus dem kleinen Radioempfänger auf dem Kontrollpanel. »Ich benutzte ein Magnetkabel. Also macht keine plötzlichen Antriebsstöße!«

»Während du im Weltraum schwebst – hältst du mich für verrückt?« rief Bigman.

*

Lucky kam an einem der Seitenfenster in Sicht. Hinter ihm schlängelte sich das Magnetkabel durch den Raum. In der Abwesenheit eines Schwerefeldes bildete es eine ungleichmäßige Kurve.

Der kleine Handreaktor in seiner behandschuhten Faust erwachte für wenige Sekunden zum Leben. Die Verbrennungsgase aus den Düsen wurden im bleichen Sonnenlicht in Form winziger Eisteilchen sichtbar. Die Pünktchen zerstoben rasch. Durch den Rückstoß flog Lucky ein Stück in die entgegengesetzte Richtung.

»Meinst du«, wandte sich Bigman an Wess, »daß irgend etwas mit dem Schiff nicht in Ordnung ist?«

»Die Kontrollen zeigen keine Unregelmäßigkeit an.«

»Was treibt denn dann der lange Kerl da draußen?«

»Ich habe keine Ahnung.«

Bigman warf Wess einen argwöhnischen Blick zu. Dann wandte er seine Aufmerksamkeit wieder auf Lucky. Dabei murmelte er: »Wenn du glaubst, nur weil ich kein Ratsmann bin ...«

Wess unterbrach ihn. »Vielleicht wollte er nur ein paar Minuten lang irgendwohin, wo er deine Piepsstimme nicht mit anhören muß, Bigman.«

Der Masse-Detektor durchforschte bei seiner automatischen Rundumbewegung methodisch das Gradnetz des sie umgebenden Raumes. Jedesmal, wenn die Sensoren sich auf den Saturn richteten, tauchte der Monitor in völliges Weiß.

Bigman zog eine Grimasse. Aber er war nicht in der Stimmung, Wess' spöttische Bemerkung mit gleicher Münze heimzuzahlen. »Ich wünschte, es würde endlich was passieren«, sagte er statt dessen.

Und da passierte es auch schon!

Wess richtete den Blick auf den Masse-Detektor und hörte plötzlich ein verdächtiges Piepsen aus dem Empfänger. Eilig stellte er das Instument genau darauf ein, schaltete die zusätzlichen Energie-Detektoren ein und beobachtete gespannt zwei Minuten lang die Ergebnisse.

»Das ist ein Schiff, Wess!« rief Bigmann aufgeregt.

»Sieht so aus«, gab Wess widerstrebend zu. Die Masseanzeige allein hätte auch von einem Meteoriten herrühren können. Aber die Instrumente verzeichneten aus derselben Richtung einen Energieausstoß, und der konnte nur von den Mikroreaktor-Maschinen eines Raumschiffes stammen. Das verrieten die ermittelte Energieform und die gemessene Quantität. Die Schiffe waren daran zu identifizieren wie Menschen an ihren Fingerabdrücken. Es war eine Leichtigkeit, sirianische von terranischen Schiffen zu unterscheiden. Das eben wahrgenommene Objekt stammte mit Sicherheit vom Sirius.

»Es steuert auf uns zu«, sagte Bigman.

»Nicht direkt. Wahrscheinlich wollen sie kein Risiko mit dem Schwerefeld des Saturn eingehen. Immerhin nähert es sich, und in etwa einer Stunde wird es in der Lage sein, eine Breitseite gegen uns abzufeuern ... Was in aller Welt stimmt dich so vergnügt, Farmboy vom Mars?«

»Das merkst du nicht, du Fettsack? Jetzt weiß ich doch, warum Lucky ausgestiegen ist. Er wußte, daß ein feindliches Schiff kommt und bereitet eine Falle vor.«

»Woher sollte er denn von diesem Schiff wissen?« fragte Wess verwundert. »Bis vor zehn Minuten hat der Masse-Detektor nichts angezeigt. Er war nicht mal auf die entsprechende Richtung eingestellt.«

»Typisch Lucky!« Bigman grinste. »Er weiß immer mehr als andere!«

Wess zuckte die Achseln, begab sich zum Pilotensitz und sagte über Sprechfunk: »Lucky! Hörst du mich?«

»Natürlich höre ich dich. Was ist los?«

»Der Masse-Detektor zeigt ein sirianisches Schiff an.«

»Wie weit entfernt?«

»Knapp 360 000, und es kommt näher.«

Aus dem Seitenfenster sah Bigman, daß Lucky seinen Handreaktor abermals gezündet hatte. Diesmal entfernten sich die Eiskristalle vom Schiff. Lucky kehrte zurück.

»Ich komme rein«, sagte Lucky.

*

Lucky nahm den Helm ab. Dichtes braunes Haar und klare braune Augen kamen zum Vorschein. Bigman schoß gleich mit der Frage auf ihn zu: »Du wußtest, daß ein Schiff im Anflug ist, stimmt's, Lucky?«

»Nein, Bigman. Ich hatte keine Ahnung. Ich begreife immer noch nicht, wie sie uns so schnell entdecken konnten. Es kann doch wohl kein reiner Zufall sein, daß sie in dieser Gegend herumsuchen.«

Mit Mühe verbarg Bigman seine Enttäuschung. »Und jetzt vernichten wir sie, was, Lucky?«

»Ich möchte dir nicht noch einmal die politischen Gefahren eines kriegerischen Angriffs aufzählen, Bigman. Außerdem haben wir hier eine Aufgabe zu erfüllen, die wichtiger ist als eine Schießerei mit anderen Schiffen.«

»Ich weiß«, sagte Bigman ungeduldig. »Wir müssen diese Kapsel finden, aber ...«

Er schüttelte den Kopf. Eine Kapsel war eine Kapsel. Na schön, sie war wichtig, keine Frage. Aber ein scharfes Gefecht war ein scharfes Gefecht! Luckys politische Erwägungen sagten ihm wenig zu, wenn sie darauf hinausliefen, daß man sich vor einem scharfen Gefecht drücken solle. »Was soll ich nun tun?« fragte er. »Auf Kurs bleiben?«

»Und beschleunigen! In Richtung auf die Ringe.«

»Sie werden hinter uns herkommen.«

»All right. Dann gibt es ein Wettrennen.«

Bigman zog den Steuerknüppel langsam an, und das Tempo der Protonenzertrümmerung im Mikromeiler steigerte sich zur Höchstleistung. Das Schiff jagte in weitgezogener Kurve über die Kugel des Saturn hinweg. Im selben Augenblick wurden sie von Radiowellen angefunkt.

»Sollen wir auf Empfang gehen, Lucky?« erkundigte sich Wess.

»Nein, wir wissen ja, was sie uns sagen wollen. ›Ergeben Sie sich – oder wir nehmen Sie in Schutzhaft!‹«

»Also?«

»Unsere einzige Chance ist schnellste Flucht.«

VI

DURCH DIE LÜCKE

»Vor einem einzigen jämmerlichen Schiff?« beklagte Bigman sich.

»Für Gefechte haben wir später noch viel Zeit, Bigman. Das Wichtigste zuerst!«

»Aber das würde doch bedeuten, daß wir das Saturnsystem schon wieder mal verlassen.«

Mit wahnwitziger Geschwindigkeit raste ihr Schiff auf die Ringe zu. Lucky drängte Bigman vom Pilotensitz und übernahm die Kontrollen.

Wess meldete: »Weitere Schiffe im Anflug!«

»Wo? Welchem Mond sind sie am nächsten?«

Wess arbeitete schnell. »Sie sind alle in der Gegend der Ringe.«

»Nun«, murmelte Lucky, »dann suchen sie immer noch nach der Kapsel. Wie viele Schiffe sind es?«

»Bis jetzt fünf, Lucky.«

»Befinden sich welche zwischen uns und den Ringen?«

»Jetzt taucht gerade ein sechstes Schiff auf. Nein, Lucky, sie können uns nicht den Weg versperren. Sie sind sämtlich zu weit entfernt, um einen gezielten Schuß abzugeben. Aber irgendwann werden sie uns doch noch erwischen, falls wir uns nicht endgültig aus dem Saturnsystem davonstehlen.«

»Oder falls unser Schiff auf andere Art zugrunde geht, he?« bemerkte Lucky in grimmigem Ton.

Die Ringe wurden immer größer, bis sie den gesamten Bildschirm mit ihrem schimmernden Weiß ausfüllten. Und immer noch raste das Schiff mit unverminderter Geschwindigkeit auf sie zu. Lucky traf keine Anstalten zu bremsen.

Einen schrecklichen Augenblick lang dachte Bigman, Lucky werde das Schiff absichtlich in die Eisbrocken der Ringe jagen und zerstören. Unwillkürlich schrie er auf: »Lucky!«

Und dann verschwanden die Ringe wie von Zauberhand.

Bigman war verdattert. Er griff nach den Schaltern am Bildschirm. »Was ist passiert?« rief er. »Wo sind die Ringe geblieben?«

Wess, der über seinen Masse-Detektoren schwitzte und gelegentlich mit fünf Fingern sein blondes Haar zerwühlte, rief über die Schulter zurück: »Cassini-Lücke!«

»Was?«

»Die Lücke zwischen den Ringen.«

»Oh!« Bigman gewann seine Fassung wieder. Er schaltete den Bildschirm auf Seitensicht, und das schneeige Weiß der Ringe kam erneut in Sicht. Vorsichtig steuerte er das Fernsehauge.

Da war zuerst ein Ring. Dann kam die schwarze Leere des Weltraums. Und dann der andere, nicht so helle äußere Ring, der aus etwas weniger Eisklumpen bestand. Zurück zu dem schwarzen Raum zwischen den Ringen! Cassini-Lücke! Dort gab es keine Eissplitter. Nur ein breites schwarzes Loch.

»Ziemlich breit«, urteilte Bigman.

Wess wischte sich den Schweiß von der Stirn und sah zu Lucky hinüber. »Fliegen wir da durch, Lucky?«

Der ließ die Augen nicht von den Kontrollen. »Ja, wir fliegen durch, Wess. In wenigen Minuten. Wir können nur das Beste hoffen.«

Wess wandte sich an Bigman. »Sicher, die Lücke ist breit. 4400 Kilometer, wie gesagt. Genügend Platz für einen Durchflug, falls du davor Angst haben solltest.«

»Wenn hier einer Angst hat, dann bist du es höchstens«, verwahrte sich Bigman. »Für einen Kerl von ein Meter 80 Länge hast du eine auffallend nervöse Stimme. Fliegt Lucky vielleicht zu schnell für dich?«

»Hör mal, Bigman, wenn du so weitermachst, setze ich mich mal kurz auf deinen Kinderkopf!«

Bigman brach in kreischendes Gelächter aus. »Dann hast

du mehr Gehirn unterm Hintern als in deinem Schädel!« rief er vergnügt.

»In fünf Minuten erreichen wir die Lücke«, kündigte Lucky an.

Bigman verstummte und beobachtete wieder den Bildschirm. »Ab und zu blitzt in der Lücke irgend etwas auf«, meldete er.

»Materieteilchen, Bigman«, erklärte Lucky. »Im Vergleich zu den Ringen ist die Cassini-Lücke leerer Raum, aber eben nicht hundertprozentig leer. Wenn uns so ein Bröckchen während des Durchflugs trifft ...«

»Die Chancen dafür stehen 1:1000«, warf Wess achselzuckend ein.

»Sogar nur 1:1000000«, berichtete Lucky kühl. »Aber Agent X hatte eine genauso minimale Chance, mit der *Net of Space* von der Erde zu entkommen. Wir sind jetzt am Beginn der Cassini-Lücke.«

Seine Hand schloß sich fest um die Kontrollen.

Bigman holte tief Atem. Er machte sich darauf gefaßt, daß ein Steinchen den Schiffsrumpf aufreißen und den Protonen-Mikroreaktor durch Kurzschluß in eine explodierende Wolke roter Energie verwandeln würde. Wenigstens wäre alles blitzschnell vorüber ...

»Geschafft!« rief Lucky.

Wess atmete geräuschvoll aus.

»Sind wir schon durch?« fragte Bigman.

»Natürlich sind wir durch, du dummer Marsmensch«, belehrte ihn Wess. »Die Ringe sind nur 16 Kilometer dick, und was meinst du denn, wie viele Sekunden wir für 16 Kilometer brauchen?«

»Und jetzt sind wir auf der anderen Seite?«

»Na, klar! Such mal die Ringe auf dem Bildschirm!«

Bigman schraubte das Fernsehauge erst zur einen, dann in die andere Richtung und wiederholte dieses Manöver, wobei er es immer weiter nach den Seiten schweifen ließ.

»Beim Sand des Mars, es ist nur noch ein schattenhafter Umriß zu erkennen.«

»Und mehr gibt's hier auch nicht zu sehen, kleiner Freund. Du bist jetzt auf der Schattenseite der Ringe. Die Sonne beleuchtet nur die andere Seite, und das Licht kann eine 16 Kilometer dicke Schicht von dichtgefügten Eisbrokken nicht durchdringen. Sag mal, Bigman, was hast du eigentlich in der Astronomiestunde in der Marsschule gelernt? Vielleicht den Schlager ›Es leuchten die Sterne‹?«

Bigman schob langsam die Unterlippe vor. »Weißt du, was ich gern möchte, Wasserkopf? Ich möchte dich mal eine Saison lang auf einer Marsfarm unter meiner Fuchtel haben. Hinterher wärst du dein ganzes Fett losgeworden. Und was würde übrigbleiben? Ungefähr zehn Pfund festes Fleisch – und das meiste davon in deinen Quadratlatschen.«

Lucky schaltete sich ein. »Wess, es wäre mir lieb, wenn du und Bigman einen Augenblick eure interessante Diskussion unterbrechen würdet. Merkt euch die Stelle, wo ihr gerade seid, und setzt sie später fort! Kannst du mal den Masse-Detektor ablesen, Wess?«

»Na sicher, Lucky. He, die Richtung ist ja ganz verschoben! Du hast wohl eine scharfe Kursänderung vorgenommen?«

»So scharf, wie das Schiff sie überhaupt aushält. Wir bleiben so lange wie möglich unter den Ringen.«

Wess nickte. »Okay, Lucky. Dann können uns die anderen nicht auf ihren Masse-Detektoren entdecken.«

Bigman grinste. Es lief großartig. Die *Shooting Starr* war durch die Masse der Saturnringe vor Entdeckung gesichert.

Lucky streckte seine langen Beine aus. Er reckte und dehnte den Rücken. Arm- und Schultermuskeln begannen sich zu entspannen.

»Ich glaube nicht«, sagte er, »daß ein sirianisches Schiff den Nerv aufbringt, uns durch die Cassini-Lücke zu verfolgen. Sie haben kein Antigrav.«

»Okay«, sagte Bigman, »so weit, so gut. Aber wohin steuern wir jetzt? Kann mir das jemand sagen?«

»Das ist kein Geheimnis«, antwortete Lucky. »Wir steuern Mimas an. Wir bleiben unter den Ringen, bis wir in seiner Nähe sind. Dann schießen wir durch die Cassini-Lücke geradewegs auf Mimas zu. Er ist nur knapp 50 000 Kilometer außerhalb der Saturnringe.«

»Mimas? Das ist einer der Monde des Saturn, stimmt's?«

»Richtig«, warf Wess ein, »der planetennächste.«

Der Kurs verlief nun wieder geradlinig. Immer noch umkreiste die *Shooting Starr* den Saturn, aber jetzt von West nach Ost und parallel zu den Ringen.

Wess setzte sich im Schneidersitz auf die Steppdecke und sagte zu Bigman: »Möchtest du ein bißchen Nachhilfeunterricht in Astronomie nehmen? Falls da noch Platz in deinem Spatzengehirn ist, erzähle ich dir gern, wie es zu dem Phänomen der Cassini-Lücke kam.«

Wissensdurst und Abneigung kämpften in dem kleinen Marsmenschen. Schließlich entschied er: »Laß mal hören, ob du auf die Schnelle etwas erfinden kannst, du ungebildeter Kerl! Los, fang an, ich durchschaue dich doch.«

»Da gibt's nichts zu durchschauen«, sagte Wess von oben herab. »Höre und lerne! Die inneren Teile der beiden Ringe umkreisen Saturn in fünf Stunden. Die äußersten Teile brauchen 15 Stunden. Gäbe es in der Cassini-Lücke einen Ring, so würde die Rotation hier zwölf Stunden dauern.«

»Na und?«

»Der Mond Mimas, den wir ansteuern, braucht 24 Stunden für einen Umlauf. Also doppelt so lange.«

»Na und?« wiederholte Bigman unbeeindruckt.

»Die Monde des Saturn üben ständig Anziehungskräfte auf das Material in den Ringen aus. Mimas am stärksten, weil er der nächste ist. In den meisten Fällen wirkt die Anziehung eine Stunde lang in der einen, die nächste Stunde in der entgegengesetzen Richtung. Das hebt sich also immer wieder auf. Gäbe es Materie in der Cassini-Lücke, würde sie allerdings nach jedem zweiten Umlauf Mimas an derselben Stelle am Himmel gegenüber haben. Er würde sie immer in dieselbe Richtung anziehen. Die Hälfte der Materie würde beständig nach außen gezwungen werden, bis sie im äußeren Ring landet. Die andere Hälfte wird in den inneren Ring gezogen. So kam es dazu, daß sich in der Mitte des ursprünglich einheitlichen Rings eine breite Lücke auftat. Peng – schon waren Cassini-Lücke und zwei geteilte Ringe entstanden!«

»Ist das wirklich so?« fragte Bigman schwach. Tatsächlich zweifelte er kaum an der Richtigkeit von Wess' Erklärung. »Aber wie kommt es dann, daß es immer noch Reste von Materie in der Cassini-Lücke gibt? Müßte nicht mittlerweile alles von den Ringen aufgesogen worden sein?«

»Ganz einfach«, antwortete Wess vom hohen Roß seiner geistigen Überlegenheit herab. »Außer Mimas wirken noch – wenn auch bedeutend schwächer – die Anziehungskräfte der übrigen Monde auf die Ringe ein. Dadurch werden beständig geringe Materieteile in die Cassini-Lücke hinein und wieder hinaus befördert ... Hoffentlich hast du dir Notizen gemacht, Bigman. Vielleicht frage ich dich später ab.«

»Und vielleicht gerätst du mal in eine Supernova-Explosion«, murmelte Bigman ärgerlich.

Mit zufriedenem Lächeln wandte sich Wess seinen Masse-Detektoren zu. Er bediente einige Schalter. Das Lächeln verschwand von seinem Ledergesicht. Er beugte sich tiefer über die Instrumente. »Lucky!«

»Ja, Wess?«

»Die Ringe bieten uns keine Deckung.«

»Was?«

»Schau es dir selber an! Die Sirianer kommen näher. Die Ringe behindern sie gar nicht.«

»Wie ist das zu erklären?« überlegte Lucky laut.

»Es kann kein blinder Zufall sein, daß sich acht ihrer

Schiffe auf unserer Umlaufbahn befinden. Wir haben eine Kursänderung um 90 Graf gemacht, und die haben sämtlich ihren Kurs dem unseren angeglichen. Sie müssen uns entdeckt haben.«

Lucky strich sich mit den Fingerknöcheln über das Kinn. »Wenn es so ist, dann, beim großen Weltall, ist es eben so. Hat keinen Sinn, weiterhin darauf zu bestehen, daß es unmöglich sei. Vielleicht besitzen sie etwas, von dem wir noch keine Ahnung haben.«

»Hat ja auch noch nie jemand behauptet, daß die Sirianer Papiertiger seien«, bemerkte Wess.

»Nein. Aber es schleicht sich manchmal bei uns die Tendenz ein, sie zu unterschätzen. Dann tut man so, als stamme jeder technologische Fortschritt aus den Gehirnen des Wissenschaftsrats und die Sirianer würden unwissend bleiben, wenn sie nicht hin und wieder unsere Geheimnisse ausspionierten. Ja, von Zeit zu Zeit lasse ich mich auch von diesem Gedankengang verführen ... Nun, wie dem auch sei, wir fliegen.«

»Und zwar wohin?« fragte Bigman scharf.

»Das hab' ich dir doch schon gesagt, Bigman. Zum Mimas!«

»Aber sie sind uns auf der Spur.«

»Ich weiß. Wir müssen unser Ziel so schnell es irgend geht, erreichen ... Wess, können sie uns den Weg zum Mimas verlegen?«

Wess arbeitete schnell. »Nur wenn sie dreimal so schnell fliegen als wir, Lucky.«

»All right. Auch wenn ich den Sirianern alles mögliche zutraue, glaube ich nicht, daß sie dreimal so schnell wie die *Shooter* sind. Mit anderen Worten: wir schaffen es!«

»Aber Lucky, das ist doch eine verrückte Idee«, wandte Bigman ein. »Ich bin dafür, daß wir uns entweder zum Kampf stellen oder machen, daß wir aus dem Saturnsystem verschwinden. Auf Mimas können wir nicht landen.«

»Tut mir leid, Bigman, wir haben keine Wahl. Wir müssen auf Mimas landen!«

»Aber sie haben uns bereits entdeckt. Sie werden uns einfach zum Mimas folgen, und dann müssen wir doch kämpfen. Warum dann nicht lieber gleich, solange wir sie durch unsere Antigrav-Motoren ausmanövrieren können?«

»Kann aber auch sein, daß sie uns nicht bis Mimas nachkommen.«

»Warum sollten sie nicht?«

»Nun, Bigman, sind wir in die Ringe geflogen, um die Überreste der *Net of Space* aufzufischen?«

»Das Schiff ist ja explodiert.«

»Eben.«

Schweigen herrschte in der Pilotenkanzel. Die *Shooting Starr* jagte durch das Weltall. Zuerst langsam, dann schneller entfernte sich ihre Bahn vom Saturn. Sie verließ den äußeren Ring und gewann den freien Raum. Vor ihr lag jetzt Mimas, ein winziger schimmernder Halbmond. Er maß nur 512 Kilometer im Durchmesser.

Noch in weiter Ferne sammelten sich die Schiffe der sirianischen Flotte.

Mimas wurde größer, und endlich wurden die Bremsraketen der *Shooting Starr* gezündet. Das Schiff verlangsamte seine Geschwindigkeit.

Bigman faßte sich an die Stirn. Für ihn war es nicht zu begreifen, daß sich der raumerfahrene Lucky so verrechnet hatte! Mit belegter Stimme sagte er: »Zu spät, Lucky! Wir schaffen es nicht mehr, für eine weiche Landung rechtzeitig abzubremsen. Wir müssen jetzt in eine spiralenförmige Umlaufbahn einschwenken, bis wir genügend Geschwindigkeit verloren haben.«

»Für Umläufe haben wir keine Zeit mehr, Bigman. Wir müssen Mimas direkt ansteuern.«

»Bei den Sandstürmen des Mars, das geht nicht! Nicht bei dieser hohen Geschwindigkeit!«

»Hoffentlich gelangen die Sirianer zu der gleichen Überzeugung.«

»Dann hätten sie aber recht, Lucky.«

»Bedaure, das sagen zu müssen«, ließ sich Wess vernehmen. »Aber ich stimme mit Bigman überein.«

»Jetzt können wir nicht mehr darüber diskutieren.« Damit schnitt Lucky jeden weiteren Einwand ab und beugte sich angespannt über die Kontrollen.

In atemberaubendem Tempo breitete sich Mimas auf dem Bildschirm aus. Bigman befeuchtete sich die Lippen. »Lucky, wenn du meinst, es ist besser, unterzugehen als uns von den Sirianern schnappen zu lassen, okay. Dagegen sage ich nichts. Aber, Lucky, wenn wir schon untergehen, warum dann nicht mit fliegenden Fahnen im Kampf? Vielleicht erwischen wir vorher eins ihrer Schiffe.«

»Ganz meine Meinung«, stimmte Wess zu.

Lucky aber schüttelte nur den Kopf und schwieg beharrlich. Seine Arme vollführten blitzschnelle Bewegungen, aber Bigman konnte nicht genau erkennen, was er eigentlich bezweckte. Das Tempo verlangsamte sich zwar weiterhin, doch es war viel zu spät.

Schon machte Wess Anstalten, um Lucky mit Gewalt von den Kontrollen wegzureißen. Aber rasch packte ihn Bigman an den Handgelenken. Obwohl Bigman ziemlich fest davon überzeugt war, daß sie in den sicheren Tod rasten, blieb sein Vertrauen zu Lucky unerschütterlich.

Sie bremsten, bremsten, bremsten. In jedem anderen Schiff als der *Shooting Starr* wären sie durcheinandergepurzelt und hätten sich sämtliche Knochen gebrochen. Aber gleichzeitig kam Mimas in atemberaubendem Tempo näher. Nein, die Bremsung würde bei weitem nicht ausreichen ...

Und so zerschellte die *Shooting Starr* auf der Oberfläche des Saturnmondes Mimas.

VII

AUF MIMAS

Nein. Entgegen aller menschlichen Voraussicht zerschellte sie nicht!

Statt dessen vernahm Bigman ein wohlbekanntes scharfes Zischen. Jenen Ton, der entsteht, wenn ein Raumschiff in die Atmosphäre eintaucht.

Atmosphäre?

Aber das war unmöglich! Kein Himmelskörper von der geringen Größe des Mimas konnte eine Atmosphäre besitzen. Bigmans Blick fiel auf Wess, der sich plötzlich auf seiner Steppdecke zurücklehnte. Er sah bleich und gezeichnet aus. Aber ein Ausdruck der Erlösung malte sich auf seinem Gesicht ab.

Bigman sprang auf. »Lucky ...«

»Nicht jetzt, Bigman!«

Und plötzlich fiel es Bigman wie Schuppen von den Augen. Jetzt begriff er, was Lucky an den Kontrollen anstellte. Er schoß den Fusionsstrahl ab! Bigman rannte an seinen Bildschirm und stellte ihn auf Fahrtrichtung ein.

Kein Zweifel mehr! Alles war ihm nun klar. Der Fusionsstrahl war der gewaltigste Hitzeerzeuger, der je erfunden worden war. Er wurde im allgemeinen als Kurzstreckenwaffe eingesetzt. Sicherlich hatte ihn nie zuvor jemand zu einem so kühnen Experiment benutzt wie Lucky in diesem Moment.

Der Deuterium-Strahl, der vorn aus dem Schiff herausschoß, wurde durch ein starkes Magnetfeld zusammengepreßt und an einem Punkt, viele Kilometer voraus, durch die Mikroreaktoren zur Atomexplosion gezündet. Für die Zündung genügte eine Millionstelsekunde. Viel länger hätte der Mikroreaktor diese Leistung auch nicht aufrechterhalten können, ohne daß das ganze Schiff dabei draufgegangen wäre. Aber danach lief vorn am Fusionsstrahl eine

Kettenreaktion ab, und das Deuterium verbrannte bei der unglaublichen Hitze von 300 Millionen Grad!

Die Hitzelanze bohrte sich mühelos in die Oberfläche des Mondes Mimas und brannte einen Tunnel in sein Inneres. Und mitten in diesen Tunnel hinein flog die *Shooting Starr*. Die von der Hitze verzehrte Materie des Mimas verdampfte und wurde zu jener Atmosphäre, die sie in dem Tunnel umgab, ihre Geschwindigkeit zu bremsen half, aber gleichzeitig auch die Temperatur des äußeren Schiffsrumpfes zu rotglühender Gefährlichkeit steigerte.

Lucky behielt das Thermometer im Auge und ordnete an: »Wess, mehr Wasserdruck in die Kühlschlangen!«

»Wir werden unseren gesamten Wasservorrat dabei verbrauchen«, warnte Wess.

»Macht nichts. Auf diesem Himmelskörper brauchen wir kein eigenes Wasser.«

Also ließ Wess die Kühlwasserpumpe auf vollen Touren laufen. Mit Hochdruck wurde das Wasser durch die äußeren Schlangen der Leitung gepreßt, wo es verdampfte und die entstandene Reibungshitze etwas milderte. Aber der Wasserverbrauch war enorm, und immer noch stieg die Temperatur der Außenhülle.

Allerdings langsamer jetzt. Dafür sank die Schiffsgeschwindigkeit rascher. Lucky drosselte den Deuterium-Strahl und stellte das Magnetfeld entsprechend ein. Der Punkt weit voraus, wo die Kernverschmelzung des Deuteriums ablief, verkleinerte sich. Der Zischton der umgebenden Atmosphäre wurde tiefer.

Endlich stellte Lucky den Fusionsstrahl völlig ab. Das langsam schwebende Schiff bohrte sich dank seiner eigenen Außenhitze einen Weg in das Innere des Mondes, bis es mit einem Ruck zum Stillstand kam.

Endlich lehnte Lucky sich zurück. »Gentlemen, ich bitte um Entschuldigung, daß ich euch nicht vorher informieren konnte. Aber es war ein Entschluß in letzter Minute, und von da an mußte ich mich völlig auf meine Instrumente konzentrieren. Jedenfalls willkommen im Innern des Mimas!«

Bigman pumpte einen tiefen Atemzug in seine Lungen und gestand: »Auf diese Idee wäre ich nie gekommen! Mit dem Fusionsstrahl einen Tunnel vor dem heranbrausenden Schiff in einen Himmelskörper zu bohren!«

»Normalerweise geht das auch nicht«, erklärte Lucky. »Aber Mimas ist ein Sonderfall. Genau wie Enceladus, der nächste Mond.«

»Wieso?«

»Sie sind nichts weiter als riesige Schneebälle. Die Astronomen hatten das schon vor Beginn des Raumfahrtzeitalters erkannt. Ihre Dichte ist geringer als die des Wassers, und da sie außerdem mehr als 80 Prozent des empfangenen Lichts reflektieren, war es den Beobachtern schon vor langer Zeit klar, daß sie nur aus Wasser und etwas gefrorenem Ammoniak bestehen konnten, und beides in ziemlich lokkerem Zustand.«

»Genau«, bestätigte Wess. »Die beiden planetennächsten Satelliten sind wie die Ringe nichts als zusammengepapptes Eis. Darum ist Mimas vorhin so leicht geschmolzen.«

Aber schon mahnte Lucky: »Wir haben noch eine Menge Arbeit vor uns. Wir müssen wieder starten.«

*

Sie befanden sich im Grund einer Höhle, die durch den Fusionsstrahl geschaffen war und sich jetzt von allen Seiten um sie schloß. Der bei ihrem Eindringen entstandene Tunnel wuchs wieder in dem Maße zusammen, wie der Dampf kondensierte und gefror. Der Masse-Detektor verriet ihnen, daß sie sich etwa 160 Kilometer unter der Oberfläche des Mimas befinden mußten. Selbst bei den niedrigen Schwerkraftbedingungen des Mondes bewirkte die Eismasse über ihnen, daß ihre Höhle langsam kleiner und kleiner wurde.

Langsam bahnte sich die *Shooting Starr* den Rückweg wie ein heißes Messer durch Butter. Als sie einen Punkt acht Kilometer unter der Oberfläche erreicht hatten, stoppten sie und errichteten an dieser Stelle eine Sauerstoffblase.

Treibstoffvorräte, Algentanks und Lebensmittel wurden in die Blase geschafft. Achselzuckend meinte Wess: »Na schön, wenn das hier für eine Weile mein Zuhause sein soll, will ich es mir doch wenigstens so gemütlich machen wie möglich.«

Gerade erwachte Bigman aus seiner Schlafperiode. Sein Gesicht verzerrte sich zu bitterem Vorwurf.

»Was ist los, Bigman?« erkundigte sich Wess. »Fängst du an zu weinen, weil du dich von mir trennen mußt?«

Bigman schnitt eine wilde Grimasse. »Darüber komme ich garantiert hinweg. In zwei, drei Jahren fliege ich mal an Mimas vorbei und werfe dir einen Brief runter.« Dann aber brach es ungestüm aus ihm hervor: »Ihr dachtet wohl, ich schlafe noch, wie? Ich habe euch aber heimlich flüstern hören. Was geht hier vor? Ratsgeheimnisse?«

Lucky schüttelte unangenehm berührt den Kopf. »Alles zu seiner Zeit, Bigman.«

Später, als Lucky mit Bigman allein im Schiff war, begann der junge Ratsmann: »Tatsächlich, Bigman, gibt es keinen Grund, warum du Wess hier nicht Gesellschaft leisten könntest.«

»Ja, sicher«, versetzte Bigman verdrossen. »Zwei Stunden allein mit ihm, und ich zerhacke ihn in kleine Stückchen und lasse sie in Eis einfrieren – für seine Verwandten.« In anderem Ton fuhr er fort: »Meinst du das ernst, Lucky?«

»Ziemlich ernst. Dir würden draußen größere Gefahren drohen als mir.«

»Ach ja? Und was mach' ich mir schon daraus?«

»Wenn du aber bei Wess bleibst, werdet ihr beide spätestens in zwei Monaten abgeholt – ganz unabhängig von meinem Schicksal.

Bigman prallte zurück. Sein kleiner Mund zuckte. »Lukky, wenn du mir befiehlst hierzubleiben, weil ich eine wichtige Aufgabe zu erfüllen habe, okay. Ich erfülle sie, und danach sind wir wieder zusammen. Aber wenn ich nur zu meiner eigenen Sicherheit hierbleiben soll, während du dich in Gefahren begibst, dann sind wir geschiedene Leute. Dann will ich nichts mehr mit dir zu tun haben. Und ohne mich, du langer Kerl, bringst du überhaupt nichts zustande. Das weißt du ganz genau.«

»Aber, Bigman ...«

»All right. Die Sache wird lebensgefährlich. Soll ich dir eine Erklärung unterzeichnen, daß ich auf eigene Verantwortung und entgegen deinen Warnungen mitgeflogen bin? Mach' ich sofort! Genügt das, Ratsmann?«

Lucky faßte freundschaftlich in Bigmans Haar und schüttelte sanft seinen Kopf hin und her. »Große Galaxis, es ist leichter, Wasser in eine Kiepe zu schaufeln, als dir einen Liebesdienst zu erweisen.«

Wess kam ins Schiff. Er meldete: »Die Pumpe ist in Betrieb.«

Die Eismassen des Mimas lieferten das Wasser, das jetzt in die Tanks der *Shooting Starr* geleitet wurde. So ersetzte man die Flüssigkeit die man beim Tunnelflug zur Kühlung der Außenhülle verbraucht hatte. Etwas von dem neutralisierten Ammoniak kam in einen Außentank, wo es später als Stickstoffdünger für die Algen dienen konnte.

Und dann war die Einrichtung der Sauerstoffblase vollendet. Die drei sahen sich in der freundlichen runden Eishöhle um. Die Aufenthaltsräume wirkten tatsächlich einigermaßen gemütlich.

»Okay, Wess«, sagte Lucky schließlich und schüttelte ihm die Hand. »Ich denke, du bist voll eingerichtet.«

»Soweit ich das beurteilen kann, Lucky, ja!«

»Du wirst auf jeden Fall spätestens in zwei Monaten abgeholt – ganz gleich, was geschieht. Wenn alles gutgeht, wird es viel früher soweit sein.«

»Du hast mir den Job anvertraut, und ich werde ihn ausführen«, antwortete Wess kühl. »Konzentriere du dich auf deine Aufgabe! Ach, übrigens, achte ein bißchen auf Bigman, damit er nicht gleich aus seiner Koje fällt und sich weh tut!«

»Bildet euch bloß nicht ein, daß ich euer geheimnisvolles Ratsmann-Getue durchschaue!« schrie Bigman. »Ihr beide habt einen Plan geschmiedet und wollt mich nicht einweihen und ...«

»Marsch ins Schiff, Bigman!« rief Lucky. Er packte Bigman an den Schultern und zwang in vorwärts. Der kleine Kerl zappelte und wollte unbedingt noch eine Antwort von sich geben.

Aber da waren sie schon im Schiff. »Bei den Sandstürmen des Mars, Lucky, da hast du was angerichtet! Schlimm genug, daß ihr eure verdammten Ratsgeheimnisse habt, jetzt läßt du es auch noch zu, daß der Dreckskerl das letzte Wort behält!«

»Laß ihm den kleinen Spaß, Bigman! Wir dürfen zu neuen Abenteuern starten, während er hier rumsitzen muß. Er hat den schlechteren Job.«

*

Sie durchstießen die Oberfläche von Mimas an einem Punkt, von dem aus weder Sonne noch Saturn zu sehen waren. Das größte Objekt am schwarzen Himmel war Titan, der tief über dem Horizont stand. Sein Durchmesser war nur ein Viertel des Erdmondes.

Die eine Hälfte des Titan lag in der Sonne. Ernst betrachtete Bigman sein Abbild auf dem Schirm. Sein Ärger war gewichen. »Und da haben sich die Sirianer also eingenistet.«

»Das nehme ich wenigstens an.«

»Und wohin fliegen wir? Zu den Ringen zurück?«

»Genau.«

»Und wenn sie uns wieder aufspüren?«

Wie aufs Stichwort meldete sich der Radioempfänger.

Lucky machte einen niedergeschlagenen Eindruck. »Sie haben uns zu schnell aufgespürt.«

Er ging auf Sprechkontakt. Diesmal vernahmen sie keine seelenlose Roboterstimme, die die Minuten ansagte. Statt dessen ertönte ein scharfes, vibrierendes Organ, voll von Leben. Unverkennbar die Stimme eines Sirianers.

»...rr, antworten Sie bitte! Ich suche Verbindung mit Ratsmann David Starr von der Erde. David Starr, antworten Sie bitte! Ich suche ...«

»Hier spricht Ratsmann Starr«, unterbrach Lucky. »Wer sind Sie?«

»Ich bin Sten Devoure vom Sirius. Sie haben die Aufforderung unserer automatisierten Schiffe nicht befolgt und sind in unser Planetensystem zurückgekommen. Damit sind Sie unser Gefangener.«

»Automatisierte Schiffe?« fragte Lucky.

»Von Robotern betrieben. Verstehen Sie das? Unsere Roboter können ziemlich gut mit Raumschiffen umgehen.«

»Das hab' ich gemerkt«, sagte Lucky.

»Läßt sich denken. Sie verfolgten Sie, als Sie sich aus unserem System zurückzogen und dann in Deckung des Asteroiden Hidalgo wieder anflogen. Sie verfolgten Sie auf Ihrem Flug außerhalb der Eklipse zum Südpol des Saturn, dann durch die Cassini-Lücke, unterhalb der Ringe und schließlich zum Mimas. Sie waren jede einzelne Sekunde unter Beobachtung.«

»Und wie konnten sie eine so erfolgreiche Beobachtung aufrechterhalten?« fragte Lucky. Es gelang ihm, einen lässigen und gleichmütigen Tonfall zu bewahren.

»Das ist so typisch Erdmensch! Er kann sich nicht vorstellen, daß Sirianer über eigene Methoden verfügen! Aber lassen wir das! Nachdem Sie geschickt durch Kernwaffenbeschuß in den Mimas eingedrungen waren, warteten wir tagelang auf Ihren Abflug. Es machte uns richtiges Vergnügen, Sie in Ihrem Versteck zu wissen. Es wurden schon

Wetten darüber abgeschlossen, wann Sie es endlich wagen würden, wieder die Nase herauszustrecken. Inzwischen umkreisten unsere Roboterschiffe aufmerksam den Mimas. Und jetzt werden Sie nach spätestens 1500 Kilometer Flug zerblasen, wenn uns danach ist.«

»Bestimmt nicht von Ihren Robotern, die ja keinem menschlichen Wesen Schaden zufügen können.«

»Mein lieber Ratsmann Starr«, antwortete die sirianische Stimme mit unverkennbarem Hohn, »selbstverständlich fügen Roboter keinem Menschen Schaden zu, falls sie zufälligerweise davon unterrichtet sind, daß Menschen zu Schaden kommen könnten. Dazu darf ich Ihnen sagen: die Roboter, die unsere Waffen bedienen, sind dahingehend programmiert, daß sich an Bord Ihres Schiffes ebenfalls nur Roboter befinden. Und sie haben keine Hemmungen, wenn es sich um die Zerstörung von Robotern dreht. Wollen Sie sich nicht lieber ergeben!«

Plötzlich beugte sich Bigman über den Nachrichtenübermittler und schrie: »Hören Sie genau zu, Mann! Was halten Sie davon, wenn wir erst mal ein paar Ihrer Konservendosen-Roboter außer Gefecht setzen? Wie würde Ihnen das schmecken?« Es war überall in der Galaxis bekannt, daß bei den Sirianern die Zerstörung eines Roboters fast auf eine Stufe mit Mord gestellt wurde.

Aber Sten Devoure war keineswegs beeindruckt. »Ist dies das Individuum, mit dem Sie angeblich freundschaftlich verbunden sind, Ratsmann? Ein gewisser Bigman? Wenn ja, so habe ich nicht den Wunsch, mich mit ihm zu unterhalten. Sie können ihm sagen, daß Sie kaum imstande sein werden, eins unserer Schiffe zu zerstören, bevor Sie Ihr eigenes Schicksal ereilt. Ihnen leuchtet das wohl auch ein. Sie haben fünf Minuten, um sich zu entscheiden: Kapitulation oder Zerstörung! Was mich angeht, Ratsmann, so wollte ich Sie schon lange kennenlernen. Darum hoffe ich aufrichtig, daß Sie sich für Kapitulation entscheiden. Also?«

Lucky stand einen Augenblick schweigend da. Seine Kinnmuskeln mahlten.

Bigman wartete mit vor der Brust gekreuzten Armen und beobachtete Lucky in völliger Ruhe.

Drei Minuten vergingen. Dann erklärte Lucky: »Ich übergebe Ihnen mein Schiff mit allem, was darin ist, Sir.«

Bigman sagte keinen Ton.

Lucky unterbrach den Radiokontakt und drehte sich zu dem kleinen Marsmann um. Vor Verlegenheit biß sich der Ratsmann auf die Unterlippe. »Du mußt mich verstehen, Bigman. Ich ...«

Bigman zuckte die Achseln. »Ich begreife es zwar nicht, Lucky, aber seit der Landung auf Mimas weiß ich, daß du ... daß du schon bei unserem Rückflug zum Saturn den Plan gefaßt hattest, dich den Sirianern zu ergeben.«

VIII

GEFANGEN

Lucky hob die Augenbrauen. »Woran hast du das gemerkt, Bigman?«

»Ich bin ja nicht auf den Kopf gefallen, Lucky.« Der kleine Mann vom Mars scherzte nicht. Er war todernst. »Denk mal daran, wie wir wieder Kurs auf den Südpol des Saturn nahmen! Plötzlich bist du aus dem Schiff geklettert, weißt du noch? Es war kurz vor dem Moment, als die Sirianer uns auf die Spur kamen und wir Reißaus in Richtung auf die Cassini-Lücke nahmen.«

»Ja.«

»Du hast den Spaziergang außerhalb des Schiffes nicht ohne Grund unternommen. Du hülltest dich allerdings in Schweigen. Na ja, das bin ich schon gewöhnt. Wenn du unter Streß stehst, behältst du am liebsten alles für dich, bis die Gefahr vorüber ist. Aber diesmal kam es nicht dazu.

Wir mußten ja unentwegt vor den Sirianern flüchten. Dann errichteten wir die Unterkunft für Wess auf Mimas. Diese Gelegenheit benutzte ich dazu, den äußeren Rumpf der *Shooting Starr* genau zu untersuchen. Und was fand ich heraus? Du hattest dir an dem Antigrav-Motor zu schaffen gemacht! Und zwar so, daß du mit einem einzigen Handgriff am Umschaltknopf des Kontrolltisches die ganze Antigrav-Anlage sprengen konntest.«

»Die Antigrav-Anlage«, erklärte Lucky ruhig, »ist das einzige Staatsgeheimnis an Bord der *Shooter.*«

»Ich weiß. Und ich machte mir meine Gedanken darüber. Wenn du einen bewaffneten Kampf für möglich hieltest, so hätte er nur mit der völligen Vernichtung der *Shooting Starr* enden können, samt uns und der Antigrav-Anlage. Nun sah ich aber, daß du eine Sprengung von Antigrav vorbereitet hattest, bei der das übrige Schiff intakt bleiben würde. In diesem Augenblick war mir klar, daß du einen Kampf vermeiden wolltest. Du hattest dich zur Kapitulation entschlossen.«

»Und warst du deshalb auf Mimas ständig schlechter Laune?«

Bigman seufzte. »Lucky, ich halte immer zu dir, aber« – er sah zu Boden – »kapitulieren ist kein Spaß.l«

»Das weiß ich auch«, sagte Lucky. »Aber weißt du eine andere Möglichkeit, auf ihren Stützpunkt zu gelangen? Vieles, was wir tun müssen, macht keinen Spaß!«

Kaum hatte Lucky ausgesprochen, so betätigte er den Umschaltknopf auf dem Kontrolltisch. Das Schiff erhebte leicht, als sich die außen angebrachten Teile der Antigrav-Anlage in eine weißglühende Masse verwandelten und vom Schiff lösten.

»Ach, willst du vielleicht den Kampf in die Höhle des Löwen tragen? Ist das der Grund deiner Kapitulation?«

»Zum Teil ja.«

»Und wenn sie uns sofort ins Weltall sprengen?«

»Daran glaube ich nicht. Das hätten sie ja schon tun können, als wir Mimas verließen. Mir kommt es so vor, als wollten sie uns lebendig haben … Für diesen Fall haben wir Wess auf Mimas als eine Art Rückversicherung. Er mußte sich dort fest eingerichtet haben ehe ich mir erlauben durfte, mich zu ergeben. Nur deshalb habe ich Kopf und Kragen beim Anflug auf Mimas riskiert.«

»Aber vielleicht wissen sie über Wess Bescheid, Lucky. Sie scheinen ja ziemlich umfassend informiert zu sein.«

»Möglich ist es schon«, meinte Lucky nachdenklich. »Andererseits wußte dieser Sirianer genau, daß du mein Partner bist. Wir sind als Zweiergespann bei ihnen bekannt, aber nicht als Terzett. Insofern war es ein Glück, daß du nicht, wie ich erst plante, zusammen mit Wess auf Mimas bliebst. Wäre ich allein gestartet, hätten die Sirianer nach dir gefahndet und Mimas gründlich abgesucht. Dann hätten sie euch beide gefunden. Trotzdem … wenn ich mit Sicherheit gewußt hätte, daß sie euch kein Härchen krümmen würden … Nein, sobald ich in ihrer Hand bin und keine Möglichkeit habe …

Seine Stimme war zu einem Flüstern geworden. Die letzten Sätze sprach er nur noch zu sich selbst. Dann brach er ganz ab.

Auch Bigman sagte nichts mehr. Nach geraumer Zeit durchbrach ein metallischer Klang die Stille, der den stählernen Rumpf der *Shooting Starr* vibrieren ließ. Ein Magnetseil fesselte sie jetzt an ein anderes Schiff.

»Da kommt einer an Bord«, sagte Bigman tonlos.

Auf dem Bildschirm konnten sie ein Stück der Verbindungsleine erkennen. Eine Gestalt kam ins Blickfeld, die sich Hand über Hand heranhangelte. Jetzt verschwand sie wieder. Mit Getöse prallte sie gegen das Schiff. Im gleichen Augenblick leuchtete das Signal für die Luftschleuse auf.

Bigman bediente den automatischen Öffner der äußeren Schleusentür. Dann wartete er auf das nächste Signal. Als es kam, schloß er die äußere Tür und öffnete die innere.

Der Eindringling kam an Bord.

Er trug keinen Raumanzug, denn es war kein Mensch. Es war ein Roboter.

*

Auch innerhalb der Terranischen Föderation waren Roboter keine Seltenheit. Es gab sogar eine Reihe hoch entwikkelter Exemplare. Aber meistens waren sie für Sonderaufgaben reserviert, bei denen sie außer mit ihren Aufsehern nicht mit Menschen in Berührung kamen. Deshalb hatte Bigman erst sehr wenige Roboter zu Gesicht bekommen.

Er starrte ihn neugierig an. Wie alle sirianischen Roboter, war er groß und blitzte vor Sauberkeit. Seine äußere Form war von glatter, unverbindlicher Einfachheit. Die Gelenke waren so vortrefflich gearbeitet, daß sie kaum hervortraten.

Bigman erschrak, als der Roboter seine Stimme erhob. Es braucht seine Zeit, ehe man sich an die Tatsache gewöhnt, daß aus der Metallimitation eines Menschen eine fast hundertprozentig menschliche Stimme erklingt.

»Guten Tag«, sagte der Roboter. »Ich habe den Auftrag, Ihr Schiff und Sie sicher an Ihren Bestimmungsort zu bringen. Dazu benötige ich folgende Information: Ist die begrenzte Explosion, die wir an der Außenhülle Ihres Schiffes sahen, in irgendeiner Weise geeignet, die Navigationsfähigkeit des Schiffes zu behindern?«

Die Stimme klang tief und musikalisch, aber völlig seelenlos. Der Akzent war deutlich sirianisch.

Lucky antwortete sofort: »Die Explosion beeinträchtigt die Raumtüchtigkeit des Schiffes in keiner Weise.«

»Was hat die Explosion verursacht?«

»Ich.«

»Aus welchem Grunde taten Sie das?«

»Das kann ich Ihnen nicht sagen.«

»Sehr gut.« Der Roboter wechselte sofort das Thema. Ein Mensch hätte nachgehakt, vielleicht sogar gedroht. Das konnte ein Roboter nicht. Statt dessen erklärte er: »Ich bin in der Lage, auf dem Sirius konstruierte Raumschiffe zu steuern. Wenn Sie mir die Funktion aller Instrumente und Schalter erklären, werde ich auch in der Lage sein, dieses Raumschiff zu steuern.«

»Beim tiefen Sand des Mars, Lucky«, rief Bigman, »wir brauchen diesem Dingsda doch nicht alles zu erklären, oder?«

»Zwingen kann er uns nicht dazu, Bigman. Aber da wir uns nun schon ergeben haben, was macht es dann aus, wenn wir uns dahin bringen lassen, wo sie uns haben wollen?«

»Dann versuchen wir mal, diesen Ort herauszufinden!« In scharfem Ton fragte Bigman plötzlich den Roboter: »Du! Roboter! Wohin bringst du uns?«

Der Roboter wandte sich zu Bigman um. Sein rotglühendes Auge war ausdruckslos. Er sagte: »Es ist mir verboten, Fragen zu beantworten, die sich nicht auf meine unmittelbare Arbeit beziehen.«

»Aber hör doch mal!« Der aufgeregte Bigman schüttelte Luckys Hand ab. »Wenn du uns zu den Sirianern bringst, werden sie uns Schaden zufügen, und unter Umständen sogar töten. Du willst doch nicht, daß man uns umbringt, stimmt's? Also, dann hilf uns zu fliehen! Komm mit uns … He, Lucky, laß mich doch mit ihm reden!«

Während Lucky noch nachdrücklich den Kopf schüttelte, gab der Roboter bereits seine Antwort. »Man hat mir versichert, daß Ihnen kein Haar gekrümmt werden wird. Doch jetzt erklären Sie mir bitte die Funktionen auf diesem Kontrollbord, damit ich meine Aufgabe erledigen kann!«

Punkt für Punkt klärte Lucky ihn auf. Der Roboter bewies, daß er mit der gesamten Technologie wohlvertraut war. Mit vorsichtigen, erfahrenen Handgriffen überprüfte er jeden einzelnen Schalter, um sich zu vergewissern, daß Lucky ihn korrekt eingewiesen hatte. Als Lucky seinen Vortrag schloß, war erkennbar, daß der Roboter durchaus imstande sein würde, die *Shooting Starr* zu steuern.

Lucky lächelte. In seinen aufleuchtenden Augen war deutliche Bewunderung zu lesen.

Bigman zog ihn in ihre Kabine. »Was gibt es denn zu grinsen, Lucky?«

»Große Galaxis, Bigman, das ist eine wunderbare Maschine! In dieser Hinsicht muß man vor den Sirianern den Hut ziehen. Sie bauen Roboter, die wahre Kunstwerke sind.«

»Okay, aber leise jetzt! Das Ding soll nicht hören, was ich dir jetzt sage. Also: du hast doch nur kapituliert, damit du auf den Titan gelangst und bei den Sirianern spionieren kannst. Aber vielleicht kommen wir da nie wieder weg – und was nützen uns dann die besten Informationen? Gar nichts! Es wäre viel besser, wenn wir diesen Roboter dazu bewegten, uns zur Flucht zu verhelfen. Dann hätten wir mit einem Schlag alles, was wir brauchen. Der Roboter ist doch tonnenweise mit Informationen über die Sirianer programmiert. Durch ihn erfahren wir mehr als bei einer Landung auf Titan.«

Lucky schüttelte energisch den Kopf. »Das hört sich ganz gut an, Bigman. Aber wie willst du den Roboter zum Verrat überreden?«

»Erstes Robotik-Gesetz! Wir machen ihm klar, daß Sirius nur eine Bevölkerung von ein paar Millionen Menschen besitzt, während in der Terranischen Föderation mehr als sechs Milliarden leben. Daß es wichtiger ist, die Mehrheit der Menschheit vor Schaden zu bewahren, als eine kleine Minderheit zu beschützen. Er wird begreifen, daß das Erste Gesetz für uns spricht. Verstehst du, Lucky?«

»Du vergißt leider, daß die Sirianer sich besser auf Roboter verstehen als jeder andere«, sagte Lucky. »Dieser Roboter hier ist wahrscheinlich eindeutig darauf programmiert, daß seine Handlungen keinem menschlichen Wesen den geringsten Schaden zufügen. Wenn du ihm von den sechs Milliarden Menschen der Erde erzählst, prallt das wirkungslos an ihm ab. Sein Programm nimmt diese Information einfach nicht auf. Er würde nur dann von seinen Instruktionen abweichen, wenn er tatsächlich sieht, wie ein Mensch dadurch in Lebensgefahr gerät.«

»Ich will es aber versuchen!«

»All right. Versuch es! Du kannst dabei nur an Erfahrung gewinnen.«

Bigman ging zu dem Roboter, der die *Shooting Starr* inzwischen auf ihren neuen Kurs gebracht hatte.

»Was weißt du von der Erde?« fragte Bigman. »Und was von der Terranischen Föderation?«

»Es ist mir verboten, Fragen zu beantworten, die sich nicht auf meine unmittelbare Arbeit beziehen.«

»Ich gebe dir den Befehl, deine früheren Instruktionen nicht zu beachten!«

Der Roboter zögerte einen Augenblick. Dann sagte er: »Es ist mir verboten, Befehle von Unbefugten entgegenzunehmen!«

Bigman ließ nicht locker. »Meine Befehle sollen verhindern, daß du menschlichen Wesen Schaden zufügst! Deshalb *mußt* du ihnen gehorchen.«

»Mir wurde versichert, daß keinem Menschen ein Haar gekrümmt werden wird. Ich bemerke auch keinerlei drohende Gefahr für einen Menschen. Es ist mir verboten, auf unbefugte Anweisungen zu antworten, wenn sie mehrfach wiederholt werden.«

»Nichts da! Hör mir genau zu! Es droht Gefahr für menschliche Wesen ...« Bigman redete sich noch eine Weile in Eifer, aber der Roboter nahm keine Notiz mehr von ihm.

»Bigman, das ist verlorene Liebesmüh«, rief Lucky.

Ärgerlich versetzte Bigman dem Roboter einen heftigen Fußtritt. Er traf ihn an seinem polierten Knöchel. Aber mit ebensoviel Erfolg hätte er die Stahlwände des Raumschiffs mit den Füßen bearbeiten können. Sein Gesicht war gerötet, als er zu Lucky zurückkam. »Und so was nennt sich

Fortschritt!« schimpfte er. »So ein Stück Metall macht, was es will, und der Mensch steht hilflos daneben!«

»Das ist nichts Neues! Ähnliches ereignete sich seit Beginn des Maschinenzeitalters tagtäglich – lange, bevor es die ersten Roboter gab.«

»Wir wissen nicht einmal, wo wir hinfliegen!«

»Dazu brauchen wir den Roboter nicht. Ich habe den Kurs überprüft. Wir fliegen offenbar zum Titan.«

*

Während der letzten Stunden des Anflugs auf Titan drängten sich beide vor dem Bildschirm. Titan war der drittgrößte Mond im Sonnensystem. Nur der Jupitermond Ganymed und der Neptunmond Triton übertrafen ihn an Umfang, aber unwesentlich. Von allen Monden besaß Titan die dichteste Atmosphäre.

Schon von weitem machte sich seine Atmosphäre bemerkbar. Auf den meisten Monden – auch auf dem der Erde – bildet der Terminator, der Tag– und Nachtseite voneinander trennt, eine scharfe Grenze. Auf einer Seite erscheint der Mond schwarz, auf der anderen weiß. Bei Titan war es anders.

Auf Titan war der Terminator keine scharfe Linie, sondern eher ein verschwommener breiter Streifen.

»Seine Atmosphäre ist fast so dicht wie die der Erde«, bemerkte Lucky.

»Aber man kann sie nicht atmen, nicht wahr?«

»Nein. Sie besteht größtenteils aus Methan.«

Von allen Seiten näherten sich jetzt, bereits mit bloßem Auge sichtbar, andere Schiffe. Mindestens ein Dutzend von ihnen gaben ihnen Geleitschutz zum Titan.

Lucky schüttelte den Kopf. »Sie können also zwölf Schiffe allein für diesen Auftrag abkommandieren! Große Galaxis, sie müssen sich schon vor Jahren hier festgesetzt und seitdem ununterbrochen gebaut und geplant haben! Wie können wir sie nur jemals wieder verjagen, ohne einen Krieg vom Zaun zu brechen?«

Bigman konnte keine Antwort darauf geben.

Jetzt tauchten sie in die Atmosphäre ein. Es war deutlich zu hören: dieser hohe Ton, den die Gase verursachten, als der stromlinienförmige Rumpf der *Shooter* durch sie hindurchjagte.

Mißtrauisch kontrollierte Bigman die Thermometer, die die Temperatur der Außenhaut anzeigten. Aber es bestand keine Gefahr. Der Roboter bediente die Kontrollen einwandfrei. Spiralenförmig umkreiste das Schiff Titan. Höhe und Geschwindigkeit nahmen gleichmäßig ab, so daß zu keiner Zeit die Rumpftemperaturen in der dichter werdenden Atmosphäre bedenkliche Werte erreichten.

Wieder war Lucky voll ehrlicher Anerkennung. »Der Roboter verbraucht beim Abstieg kaum Treibstoff. Ich glaube, er würde es schaffen, das Schiff so zu steuern, daß die Atmosphäre als einzige Bremse genügt.«

»Und das findest du auch noch gut, Lucky?« empörte sich Bigman. »Wenn die Roboter so tolle Raumschiffpiloten sind, wie können wir uns dann gegen die Sirianer behaupten?«

»Wir müssen eben unsere eigenen Roboterkonstruktionen verbessern, Bigman. Auch diese Roboter wurden von Menschen erdacht und fabriziert. Zufälligerweise handelt es sich bei diesen Menschen um Sirianer, ja, aber nichtsdestoweniger um Menschen, und so haben alle Menschen auf der Welt Grund, auf ihre Leistung stolz zu sein. Wenn wir uns vor den Auswirkungen ihres Erfindergeists fürchten, dann müssen wir eben alles daransetzen, gleichzuziehen oder sie sogar noch zu übertreffen. Dagegen wäre es sinnlos, ihre Leistung zu verkleinern.«

Bisher hatten Wolken die Oberfläche des Titan verborgen. Jetzt konnten sie einige Gebirszüge erkennen. Es waren nicht die scharfgezackten Gipfel eines luftleeren Himmelskörpers, sondern abgeschliffene Formationen, die den

Einfluß von Wind und Wetter verrieten. Die Grate, Kämme und Wände waren nackt, aber in den Rinnen und in den Tälern lag Tiefschnee.

»Kein echter Schnee«, erklärte Lucky. »Gefrorenes Ammoniak.«

Natürlich war es eine lebensfeindliche Wüstenlandschaft. Auch die wellenförmigen Ebenen zwischen den Gebirgszügen zeigten entweder nacktes Gestein oder waren tief unter Schneemassen begraben. Nirgends regte sich Leben. Es gab keine Flüsse und keine Seen. Und dann ...

»Große Galaxis!« rief Lucky.

Eine Kuppel kam in Sicht, eine abgeflachte weite Kuppel. Ein Anblick, der auf den inneren Planeten keine Seltenheit war. Es gab solche Kuppelbauten auf dem Mars und in den seichten Gewässern der Venusmeere. Aber dies war doch eine andere Sache – so weit entfernt von der Sonne auf dem trostlosen Titan! Selbst auf dem seit langem bewohnten Mars hätte diese von Sirianern errichtete Kuppel als eine ansehnliche Wohnstadt gegolten.

»Wir haben selig geschlafen, während sie gewaltige Werke schufen«, stellte Lucky bedrückt fest.

»Wenn die Reporter davon Wind bekommen«, sagte Bigman, »dann steht der Wissenschaftsrat blamiert da, Lucky.«

»Stimmt. Außer es gelingt uns, die Sirianer vom Titan zu vertreiben. Aber es geschieht dem Rat ganz recht. Beim heiligen Weltraum, Bigman, es wäre doch seine Pflicht, jeden Himmelskörper im Sonnensystem in regelmäßigen Abständen zu erkunden – noch dazu einen Riesenmond wie Titan!«

»Wer hätte denn gedacht ...«

»Der Wissenschaftsrat mußte daran denken. Die Völker des Sonnensystems zahlen große Summen für den Unterhalt des Rats. Dafür dürfen sie erwarten, daß seine Mitglieder nicht faul auf der Bärenhaut rumliegen. Sie verlassen sich auf ihn. Auch ich muß mir Vorwürfe machen.«

Die Stimme des Roboters unterbrach sie. »Dieses Schiff wird nach einer weiteren Umkreisung des Mondes zur Landung ansetzen. Im Hinblick auf den Ionen-Antrieb, der sich an Bord befindet, sind keine besonderen Vorsichtsmaßnahmen nötig. Leichtsinn kann zu Verletzungen führen, und das darf ich nicht zulassen. Ich muß Sie daher ersuchen, sich flach hinzulegen und anzuschnallen.«

»Hör dir diese piepende Konservenbüchse an! Will uns erzählen, wie man sich bei der Landung nach einem Raumflug zu verhalten hat!«

»Wenn schon«, beruhigte Lucky seinen aufgebrachten Freund. »Leg dich lieber gleich hin! Sonst hilft er noch mit Gewalt nach. Es gehört ja zu seiner Aufgabe, uns vor jeglichem Schaden zu bewahren.«

»Sag mal, Roboter«, rief Bigman unvermittelt, »wieviel Menschen sind eigentlich auf Titan stationiert?«

Er bekam keine Antwort.

*

Der Mondboden kam immer näher, kam ihnen entgegen und nahm sie schließlich auf. Ein kurzes Anwerfen der Rückstoßdüsen genügte, um die *Shooting Starr* mit dem Heck nach unten weich zu landen.

Der Roboter verließ die Pilotenkanzel. »Sie sind soeben sicher und heil auf Titan gelandet. Damit ist meine Aufgabe beendet, und ich übergebe Sie nun den kommandierenden Herren.«

»Einem gewissen Sten Devoure?«

»Er ist einer unserer Herren. Sie können das Schiff jetzt verlassen. Temperatur und Luftdruck sind normal. Die Schwerkraft ist derjenigen, an die Sie gewöhnt, ziemlich angepaßt.«

»Wir können sofort aussteigen?« vergewisserte sich Lucky.

»Ja. Die Herren warten schon.«

Lucky nickte. Er konnte eine eigenartige Erregung nicht ganz unterdrücken.

Obwohl Sirius in seiner kurzen, aber stürmischen Karriere beim Wissenschaftsrat sein großer Widersacher gewesen war, war er noch nie einem lebenden Sirianer begegnet.

Er trat aus dem Schiff auf die ausgefahrene Gangway. Bigman war dicht hinter ihm. Plötzlich erstarrten beide. Grenzenlose Überraschung nahm ihnen den Atem.

IX

DER FEIND

Lucky setzte gerade den Fuß auf die oberste Sprosse der Leiter, die zum Boden hinabführte. Bigman schaute seinem großen Freund über die Schulter. Beiden blieb der Mund vor Erstaunen offenstehen.

Es war, als wären sie auf der Erde gelandet. Wenn sich ein Dach über ihnen wölbte – ein Kuppeldach aus hartem Metall und Glas –, so sah man es jedenfalls nicht. Denn dort oben breitete sich blauer Himmel aus, an dem – Illusion oder nicht – weiße Sommerwolken entlangsegelten.

Vor ihnen erstreckten sich Rasenflächen und Reihen weit voneinander entfernt stehender Häuser. Hier und da zeigte sich ein eingefaßtes Blumenbeet. Ein Flüßchen sprudelte lustig durch die anmutige Landschaft. Kleine Steinbrücken führten darüber hinweg.

Überall sah man Roboter – Dutzende! – geschäftig bei der Arbeit, jeder mit maschinenartiger Ausschließlichkeit auf seine Tätigkeit konzentriert. Ein paar hundert Meter weiter standen fünf Wesen – Sirianer! – in einer Gruppe beisammen und sahen neugierig zum Schiff herüber.

Und dann vernahmen Lucky und Bigman eine harte, befehlsgewohnte Stimme. »Ihr da oben! Kommt runter! Kommt runter, sage ich! Beeilung!«

Lucky sah nach unten. Am Fuß der Leiter stand ein hochgewachsener Mann, breitbeinig und die Arme vor der Brust verschränkt. Sein Gesicht hatte einen olivfarbenen Teint. Mit arrogantem Ausdruck blickte er sie an. Nach sirianischer Mode war das dunkle Haar millimeterkurz geschnitten. Der Schnurrbart war schmal, der Kinnbart gestutzt und gut gepflegt. Die farbenglitzernde Kleidung saß locker. Das Hemd stand am Hals offen, und die Ärmel ließen die Unterarme frei.

»Wenn Sie es eilig haben, Sir, gern!« antwortete Lucky.

Er schwang, athletisch und mühelos zugleich, herum und rutschte, sich nur mit den Händen haltend, die Leiter hinab. Dann stieß er sich mit gewandtem Schwung vom Schiffsrumpf ab und sprang die letzten zwölf Stufen der Leiter mit einem Satz hinunter. In der Luft vollführte er eine Drehung, um beim Landen dem Mann auf dem Boden von Angesicht zu Angesicht gegenüberzustehen. Mit einer tiefen Kniebeuge fing er den Aufprall ab. Als er sich aufrichtete, sprang er leichtfüßig zur Seite, um Bigman Platz zu machen, der in gleicher Weise herunterkam.

Der Mann, dem Lucky nun gegenüberstand, war hoch gewachsen, aber zwei oder drei Zentimeter kleiner als Lukky. Aus der Nähe machten seine Gesichtszüge einen weichen Eindruck. Überhaupt hatte er etwas Weichliches an sich.

Verächtlich rümpfte er die Nase. »Akrobaten! Affen!«

»Keins von beiden, Sir«, sagte Lucky mit ruhiger Freundlichkeit. »Erdmenschen.«

»Sie sind David Starr«, stellte der andere fest. »Aber man nennt Sie Lucky. Hat das im Slang der Erdmenschen dieselbe Bedeutung wie in unserer Sprache?«

»Es bedeutet: der Glückliche.«

»Mit Ihrem Glück geht es offenbar zu Ende. Ich bin Sten Devoure.«

»Das hab' ich mir gedacht.«

»Die Umgebung hat Sie ziemlich beeindruckt, wie?« Devoures nackter Arm machte eine weit ausholende Geste. »Die Landschaft ist wunderschön.«

»Das ist sie. Aber wird dafür nicht unnötig viel Energie verschwendet?«

»Die Roboter arbeiten rund um die Uhr – das ist das ganze Geheimnis. Und Sirius hat noch ungeheure Energiereserven. Im Gegensatz zur Erde, wie ich meine.«

»Wir haben, was wir brauchen«, sagte Lucky. »Sie werden das noch selber feststellen.«

»Tatsächlich? Kommen Sie! Wir sprechen in meiner Wohnung weiter.« Hochmütig winkte er den fünf anderen Sirianern zu, die sich inzwischen unter neugierigen Blicken auf den Erdmann näher herangeschoben hatten, jenen Erdmann, der sich in den vergangenen Jahren als gefährlicher und erfolgreicher Gegner des Sirius ausgezeichnet hatte und nun zu guter Letzt ihr Gefangener geworden war.

Devoures lässige Geste beantworteten die Sirianer mit einem militärischen Gruß, machten kehrt und gingen ihrer Wege.

Devoure stieg in einen kleinen offenen Wagen, der geräuschlos auf einem diamagnetischen Kraftfeld-Band herangefahren war. Die flache Unterseite, die weder Räder noch andere Vorrichtungen aufwies, schwebte 20 Zentimeter über dem Boden. Ein zweiter Wagen näherte sich Lukky. Beide wurden natürlich von Robotern gelenkt.

Lucky stieg in den zweiten Wagen. Bigman wollte ebenfalls einsteigen, als der Roboter den Arm ausstreckte und ihn daran hinderte.

»He ...« rief Bigman.

Lucky unterbrach ihn. »Mein Freund wird mich begleiten, Sir.«

Zum erstenmal würdigte Devoure Bigman eines Blickes, und unerklärlicherweise verdüsterten sich seine Augen vor Haß. »Ich befasse mich nicht mit jenem Ding«, sagte er. »Wenn Sie seine Begleitung wünschen, sollen Sie sie noch eine Zeitlang haben. Aber ich wünsche nicht, damit belästigt zu werden.«

Weiß wie die Wand starrte Bigman den Sirianer an. »Ich werde Sie gleich jetzt belästigen, Sie Dre ...«

Lucky packte ihn und flüsterte ihm mit großem Ernst ein paar Worte ins Ohr. »Du kannst jetzt nichts machen, Bigman! Große Galaxis, halt dich zurück und warte ab!«

Halb hob Lucky ihn in den Wagen, halb stieg Bigman selber ein. Devoure blickte stur nach vorn und kümmerte sich nicht darum.

Die Wagen fuhren pfeilschnell und ohne jede Erschütterung. Die Fahrt war rasant wie Schwalbenflug. Nach zwei Minuten hielten sie vor einem einstöckigen Gebäude aus glatten, weißen Silikonsteinen, das sich nur durch die dunkelrot gerahmten Fenster und Türen von den übrigen Häusern unterschied. Eine Auffahrt führte zum Eingang. Während der kurzen Fahrt hatten sie kein weiteres lebendes Wesen erblickt, nur einige Roboter.

Devoure ging voran. Durch eine bogenförmige Tür gelangte man in ein kleines Zimmer mit einem Konferenztisch. In einer Nische stand eine breite Couch. Die Decke strahlte weißblaues Licht aus, gleich dem über den weiten Rasenflächen im Freien.

Ein wenig zu blau, dachte Lucky. Doch dann fiel ihm ein, daß Sirius größer und heißer als die Sonne war und der Himmel über seinen Planeten demnach von tieferem Blau war als über der Erde.

Ein Roboter brachte zwei Tabletts mit Essen und hohen, eisbeschlagenen Gläsern herein, die einen eisgekühlten milchweißen Drink enthielten. Ein milder Duft von Früchten lag in der Luft. Nach den langen Wochen der einförmigen Schiffsdiät freute sich Lucky auf die Mahlzeit. Ein Tablett wurde vor ihm niedergesetzt, eins vor Devoure.

»Mein Freund bekommt das gleiche«, sagte Lucky zu dem Roboter.

Der Roboter warf einen kurzen Blick auf Devoure, der in

steinerner Kälte keine Notiz davon nahm. Daraufhin verschwand der Roboter und servierte nach kurzer Zeit das dritte Tablett. Während der Mahlzeit wurde kein Wort gewechselt. Erdmensch und Marsmensch langten kräftig zu.

Als das Geschirr abgeräumt war, sagte der Sirianer: »Zu Beginn muß ich feststellen, daß Sie Spione sind. Sie drangen in sirianisches Gebiet ein. Sie wurden aufgefordert, sich zurückzuziehen. Sie taten es, kehrten aber zurück, wobei sie sich größter Heimlichkeit befleißigten. Nach interstellarem Recht können wir Sie auf der Stelle hinrichten. Dies wird auch geschehen, falls Sie sich nicht durch Ihr weiteres Verhalten eines Gnadenerlasses für würdig erweisen.«

»Unser weiteres Verhalten?« fragte Lucky. »Erklären Sie das bitte näher, Sir!«

»Mit Vergnügen, Ratsmann.« Die dunklen Augen des Sirianers belebten sich. »Es gibt da eine Kapsel voll Informationsmaterial, die unser Mann kurz vor seinem unglücklichen Ende in den Saturnringen auswarf.«

»Glauben Sie, daß ich sie hätte?«

Der Sirianer lachte. »Dazu hatten Sie nicht die geringste Möglichkeit. Wir ließen Sie nie unter der halben Lichtgeschwindigkeit in die Nähe der Ringe kommen. Aber schließlich sind Sie doch ein überaus erfahrener Ratsmann. Wir haben so viel von Ihnen und Ihren Heldentaten gehört – ja, sogar auf dem Sirius. Bei Gelegenheit haben Sie uns – wie soll ich sagen ? – sogar ein wenig im Wege gestanden.«

Bigman stieß einen schrillen Wutschrei aus. »Ein wenig im Wege gestanden! Wie damals, als er Ihren Spion auf Jupiter 9 erwischte! Oder als er Ihre Verschwörung mit den Piraten der Asteroiden zerschlug! Oder als er Sie von Ganymed verjagte! Oder ...«

»Würden Sie das Ding zum Schweigen bringen, Ratsmann?« rief Sten Devoure in aufloderndem Zorn. »Mich stört das schrille Gequieke des Dings, das Sie bei sich haben.«

»Dann sagen Sie, was Sie zu sagen haben!« forderte Lukky ihn voll Würde auf, »ohne meinen Freund zu beleidigen.«

»Ich möchte, daß Sie mir bei der Suche nach der Kapsel helfen. Sie sind ein Mann von hoher Intelligenz. Raus mit der Sprache! Wie würden sie es anstellen, die Kapsel zu finden?« Devoure stützte die Ellbogen auf den Tisch und sah Lucky erwartungsvoll an.

»Zunächst eine Frage«, meinte Lucky. »Was wissen Sie über die Kapsel?«

»Nicht mehr als Sie. Ich nehme an, Sie haben den letzten Funkspruch unseres Mannes ebenfalls aufgefangen.«

»Ja, das ist richtig. Nicht den ganzen allerdings. Aber aus den Bruchstücken ging hervor, daß er die Kapsel wirklich ausgeworfen hatte, aber nicht mehr dazu kam, Ihnen die Koordinaten durchzugeben.«

»Und?«

»Da der Mann sich lange Zeit auf der Erde aufhalten konnte, ohne von unseren Agenten aufgespürt zu werden – und da er seinen schwierigen Auftrag beinahe erfolgreich abgeschlossen hat, nehme ich an, daß er besonders intelligent war.«

»Er war ein Sirianer!«

»Das«, erklärte Lucky mit ruhiger Höflichkeit, »ist nicht unbedingt dasselbe. In diesem Fall aber dürfen wir wohl ein umsichtiges Verhalten des Mannes voraussetzen. Er hat die Kapsel bestimmt so ausgeworfen, daß die Suche nach ihr nicht von vornherein unmöglich ist.«

»Und was folgern Sie daraus, Erdmensch?«

»Hätte er die Kapsel direkt in die Ringe geworfen, könnte sie nie wiedergefunden werden.«

»Glauben Sie?«

»Ja. Bleibt als einzige andere Möglichkeit, daß er sie in der Cassini-Lücke in eine Umlaufbahn brachte.«

Sten Devoure legte den Kopf in den Nacken und lachte laut. »Es ist wirklich erfrischend zu hören, in wie genialer

Weise Lucky Starr, der große Ratsmann, ein Problem anpackt«, sagte er. »Ich hatte von Ihnen einen überraschenden, wenn nicht gar umwerfenden Gedankengang erwartet. Statt dessen nun dies! Dazu kann ich Ihnen sagen, daß wir auch ohne Ihre Hilfe auf der Stelle zu dem gleichen Schluß kamen. Unsere Schiffe suchten fast vom ersten Augenblick nirgendwo anders als in der Cassini-Lücke nach der ausgeworfenen Kapsel. Nun, Ratsmann, was sagen Sie dazu?«

Lucky nickte. Wenn der größte Teil der Besatzung von Titan dort mit der Suche beschäftigt war, so erklärte das wenigstens zum Teil die geringe Anzahl von Menschen auf dem Stützpunkt selbst. »Nun, ich gratuliere Ihnen zu dem Einfall und erinnere daran, daß die Cassini-Lücke sehr ausgedehnt ist und auch noch vereinzelte Stein- oder Eisbrokken beinhaltet. Außerdem ist die Umlaufbahn der Kapsel wegen der Anziehungskraft des Mimas nicht beständig. Je nach ihrer Position wird sie allmählich in den inneren oder in den äußeren Ring gezogen werden. Das heißt: wenn Sie sie nicht schnell auffinden, wird sie für immer verloren sein.«

»Ihr Versuch, mir einen Schreck einzujagen, ist töricht und sinnlos. Auch in den Ringen würde die Kapsel weiterhin ein Gegenstand aus Aluminium bleiben, der sich deutlich von den Eisbrocken abhebt.«

»Die Masse-Detektoren können Aluminium und Eis aber nicht unterscheiden.«

»Die Masse-Detektoren Ihres Planeten können das nicht, Erdmensch. Haben Sie sich schon mal die Frage vorgelegt, wie es uns möglich war, Sie trotz Ihrer Tricks immer aufzuspüren? Ich meine den Bauerntrick, als Sie sich hinter Hidalgo versteckten, und dann den gefährlicheren Kniff auf Mimas!«

»Ich war überrascht«, gab Lucky mit steinerner Miene zurück.

Wieder lachte Devoure. »Das kann ich mir denken! Offenbar besitzt die Erde noch keine fortentwickelten Masse-Detektoren.«

»Ein Staatsgeheimnis?« fragte Lucky höflich.

»Was die zugrunde liegende Idee betrifft, nicht. Unser Detektor benutzt weiche Röntgenstrahlen, auf die verschiedenartige Materie verschiedenartig reagiert. Das hängt mit ihrem Atomgewicht zusammen. Ein Teil der Strahlen wird immer reflektiert. Durch Analyse dieser reflektierten Strahlung können wir ein stählernes Raumschiff von einem felsigen Asteroiden unterscheiden. Da verschwindet also ein Schiff hinter einem Asteroiden. Plötzlich registrieren wir bei ihm einen Anteil an metallener Materie, den er vorher nicht besaß. Na, da ist es nicht mehr schwer zu schließen, daß sich hinter dem Asteroiden ein Raumschiff verbirgt, dessen Besatzung nun glaubt, niemand könne sie aufspüren. Was meinen Sie, Ratsmann?«

»Das sehe ich ein.«

»Dann werden Sie auch begreifen, daß Sie sich nicht unter den Saturnringen vor uns verstecken konnten. Ja, nicht einmal hinter dem Planeten selbst wäre Ihnen das gelungen. Das Metall Ihres Schiffes hätte Sie uns immer verraten. In den Ringen befindet sich überhaupt kein Metall, ebensowenig wie auf der Oberfläche des Saturn und in seinem Inneren bis zu einer Tiefe von 16 000 Kilometern. Selbst im Inneren des Mimas waren Sie vor unserer Entdeckung nicht sicher. Nur ein paar Stunden lang glaubten wir, Sie seien zerschellt. Dann entdeckten wir Metallspuren unter dem Eis des Mimas. Das konnten ohne weiteres die Trümmer Ihres Schiffes sein. Aber da setzte sich der Metallkörper plötzlich in Bewegung, und wir wußten, daß Sie noch lebten! Sie hatten sich mit dem Fusionsstrahl eine Bahn ins Innere des Mondes geschmolzen. Danach brauchten wir uns nur noch auf die Lauer zu legen.«

Lucky nickte.

»Bis jetzt haben Sie das Spiel gewonnen.«

»Und glauben Sie immer noch, daß wir die Kapsel nicht

finden werden, weil sie allmählich in die Ringe gezogen oder womöglich gleich dort abgeworfen wurde?«

»Wie kommt es denn, daß Sie sie noch nicht gefunden *haben?*«

Für einen Augenblick verdüsterte sich Devoures Gesicht. Aber Luckys ruhiger Blick drückte keinen Spott, sondern nichts als steife Höflichkeit aus. So lautete die etwas verkniffene Antwort des Sirianers: »Wir werden sie finden. Das ist nur eine Sache der Beharrlichkeit. Sie können uns jedenfalls nicht helfen. Es gibt also keinen Grund, die Hinrichtung länger hinauszuzögern.«

»Das meinen Sie doch nicht im Ernst!« sagte Lucky. »Als Tote wären wir viel zu gefährlich für Sie.«

»Wenn ich die Gefahr, die Sie lebendig bedeuten, als Maßstab nehme, so ist Ihre Drohung lächerlich.«

»Wir sind Mitglieder des Wissenschaftsrats der Erde. Einen Mord an uns wird der Rat niemals vergeben oder vergessen. Übrigens würde sich die Vergeltung weniger gegen Sirius als vielmehr gegen Sie persönlich richten. Vergessen Sie das nie!«

»Na, da weiß ich wohl besser Bescheid als Sie«, versetzte Devoure. »Die Kreatur, die Sie da mit sich schleppen, ist kein Ratsmitglied!«

»Vielleicht nicht offiziell, aber ...«

»Lassen Sie mich bitte ausreden! Sie selber sind sogar etwas mehr als ein Ratsmann. Sie sind Adoptivsohn des Ratsvorsitzenden Hector Conway. Sie sind der ganze Stolz des Wissenschaftsrats. Und deshalb haben Sie vielleicht recht.« Devoures schmaler Schnurrbart wurde noch schmaler, als sein Besitzer freudlos lächelte. »Mir fällt gerade etwas ein! Unter gewissen Bedingungen wäre es ganz vorteilhaft für uns, Sie am Leben zu lassen.«

»Was für Bedingungen?«

»Die Erde hat vor einigen Wochen eine interstellare Konferenz der Nationen einberufen. Tagesordnung soll unsere angebliche Invasion auf euer Gebiet sein. Vielleicht wußten Sie das noch gar nicht.«

»Die Konferenz geht auf meinen Vorschlag zurück. Ich machte ihn sowie ich von der Existenz Ihres Stützpunktes erfuhr.«

»Gut. Sirius hat die Einladung angenommen. Die Konferenz wird in kurzem auf Ihrem Asteroiden Vesta stattfinden.« Devoures Lächeln wurde breiter. »Die Erde scheint es eilig zuhaben. Wir sind mit allem einverstanden. Denn wir brauchen uns vor den Beschlüssen einer solchen Konferenz nicht zu fürchten. Die äußeren Welten hegen ganz allgemein keinerlei Sympathien für die Erde. Sie haben ja auch keinen Grund dafür. Unsere Position ist rechtlich unangreifbar. Aber natürlich könnten wir unsere Sache noch durch einen dramatischen Effekt verbessern. Wir brauchen nur anhand eines unwiderleglichen Beweises die gemeine Heuchelei der Erde bloßzustellen. Sie berufen eine Konferenz ein. Sie behaupten, eine Lösung auf friedlichem Wege herbeiführen zu wollen. Und zur gleichen Zeit schicken sie ein Kriegsschiff zum Titan mit dem Auftrag, unseren Stützpunkt zu vernichten.«

»Diesen Auftrag habe ich nie erhalten. Ich handelte auf eigene Faust. Und ich hatte nie die Absicht, eine kriegerische Handlung zu begehen.«

»Darauf kommt es doch gar nicht an! Hauptsache, Sie treten als unser Kronzeuge auf und bestätigen das, was ich eben ausführte. Das wird bei der Konferenz wie eine Bombe einschlagen!«

»Als Zeuge kann ich nur die Wahrheit sagen und nichts als die Wahrheit.«

Devoure überging den Einwand. »Man könnte sich sogar davon überzeugen, daß wir Sie keiner Gehirnwäsche unterzogen und nicht unter Drogen gesetzt haben«, fuhr er mit grober Stimme fort. »Treten Sie aus eigenem freien Willen als unser Zeuge auf! Sagen Sie so aus, wie wir es haben wollen! Teilen Sie der Konferenz mit, daß der Supermann des Wissenschaftsrats, Conways eigener Sohn, von der Erde zu einem kriegerischen Unternehmen ausgesandt wurde – zur gleichen Zeit, als die Erde mit triefend frommen Reden eine Konferenz einberief und ihren unerschütterlichen Friedenswillen kundtat. Das wird alle Diskussionen mit einem Schlage ein für allemal erledigen.«

Lucky holte tief Atem und sah in das kalt lächelnde Gesicht des anderen. »Das wäre es also?« fragte er. »Eine falsche Aussage als Preis für mein Leben?«

»All right. Von mir aus dürfen Sie es so ausdrücken. Jetzt treffen Sie Ihre Wahl!«

»Es gibt keine Wahl. In einem solchen Fall würde ich nie eine unwahre Aussage machen!«

Devoures Augen verengten sich zu Schlitzen. »Ich glaube doch. Unsere Agenten haben Ihre Lebensgewohnheiten ziemlich genau durchforscht, Ratsmann. Wir kennen Ihren schwachen Punkt. Es mag sein, daß Sie lieber sterben als mit uns gemeinsame Sache machen. Aber auch Sie haben die fatale Neigung der Erdmenschen, schwachen und behinderten Personen zu helfen. Sie werden tun, was wir vorschlagen ...« und bei diesen Worte streckte der Sirianer plötzlich den weichen Arm aus und deutete mit ausgestrecktem Zeigefinger auf Bigman ... »weil dieses Dingsda sonst stirbt!«

X

DIE ERPRESSUNG

»Ganz ruhig, Bigman!« flüsterte Lucky.

Der kleine Marsmann saß zusammengeduckt. Seine Augen, die auf Devoure gerichtet waren, glühten.

»Wir wollen bei unseren Drohungen doch nicht kindisch werden«, sagte Lucky. »In einer Welt der Roboter ist eine Hinrichtung nicht so leicht durchzuführen. Die Roboter können uns nicht töten. Und ich kann mir nicht vorstellen, daß Sie oder einer Ihrer Kollegen kaltblütig einen Menschen umbringt.«

»Natürlich nicht, wenn Sie sich darunter vorstellen, daß wir ihm den Kopf abschlagen oder ihn erschießen wollten. Aber ein schneller Tod hat ja auch nichts Schreckliches an sich. Nehmen Sie dagegen mal an, unsere Roboter machen ein Weltraumschiff zum Start fertig, in dem alle üblichen Instrumente und Vorräte fehlen. Dann fesseln sie Ihren ... äh ... Begleiter, sagen wir, mit Ketten an eine Metallstrebe im Inneren des Schiffs. Selbstverständlich, ohne ihm weh zu tun! Das Schiff ist mit einem Autopiloten ausgestattet, der es aus dem Sonnensystem hinaussteuert. Die Chancen sind geringer als eins zu einer Billiarde, daß ihn jemand von der Erde je wiederfindet. Das Schiff wird seine Bahn bis in alle Ewigkeit verfolgen.«

»Lucky«, rief Bigman dazwischen, »es kommt nicht drauf an, was sie mit mir machen. Laß dich auf nichts ein!«

Devoure tat, als sei Bigman gar nicht vorhanden. »Ihr Begleiter wird genügend Atemluft und einen Wasserbehälter in Reichweite erhalten, aus dem er seinen Durst löschen kann. Das ist alles. Nahrungsmittel sind nicht an Bord. Verhungern dauert lange Zeit. Und ein Hungertod in der äußersten Einsamkeit des Weltraums muß schrecklich sein.«

»Es wäre unehrenhaft und grausam, einen Kriegsgefangenen so zu mißhandeln«, sagte Lucky.

»Da kein Krieg im Gange ist, seid ihr keine Kriegsgefangene, sondern nichts weiter als Spione. Und außerdem könnten wir die angedeuteten Maßnahmen ja leicht vermeiden, nicht wahr, Ratsmann? Sie brauchen nur ein Geständnis Ihrer Angriffsabsichten zu unterschreiben und sich einverstanden zu erklären, dieses Geständnis persönlich vor der Konferenz zu wiederholen. Das werden Sie doch tun, wenn das Ding, mit dem Sie sich angefreundet haben, Sie darum anfleht!«

»Anfleht!« Krebsrot vor Zorn sprang Bigman auf.

Devoure erhob plötzlich die Stimme. »Das Ding ist festzunehmen! Sofort!«

Schweigend tauchten zwei Roboter auf, nahmen Bigman in die Mitte, und jeder packte einen Arm. Bigman wehrte sich aus Leibeskräften. Er kämpfte so wild, daß er mehrmals den Boden unter den Füßen verlor. Aber seine Arme hingen wie in Schraubstöcken.

Einer der Roboter sagte zu ihm: »Der Herr wird gebeten, keinen Widerstand zu leisten. Sonst kann er sich trotz unserer Bemühungen Verletzungen zuziehen.«

»Ich gebe Ihnen 24 Stunden Bedenkzeit«, sagte Devoure. »Das ist reichlich, nicht wahr, Ratsmann?« Er warf einen Blick auf das geschmückte Metallband an seinem linken Handgelenk, wo Leuchtzeichen zu sehen waren. »Inzwischen wird das leere Raumschiff startfertig gemacht. Vielleicht brauchen wir es nicht zu starten. Das erwarte ich sogar. Aber Robotern ist es gleich, ob ihre Arbeit nützlich oder sinnlos ist, nicht wahr, Ratsmann? Bleiben Sie sitzen! Sie können Ihrem Begleiter doch nicht helfen. Er wird zunächst nur in Sicherheit gebracht.«

Hilflos mußte Lucky mit ansehen, wie Bigman mit Gewalt aus dem Haus geschleppt wurde.

In einem Kästchen auf dem Konferenztisch flammte ein Lichtzeichen auf. Devoure berührte es, und über dem Kästchen erschien das dreidimensionale Bild eines Männerkopfes. Eine Stimme sagte: »Soeben erfahren Yonge und ich, daß Sie den Ratsmann schon hier haben, Devoure. Warum wurden wir nicht schon vor der Landung in Kenntnis gesetzt?«

»Was macht das aus, Zayon? Sie wissen es jetzt. Kommen Sie her?«

»Selbstverständlich. Wir wollen den Ratsmann sehen.«

»Dann verfügen Sie sich in mein Büro!«

*

Eine Viertelstunde später kamen zwei Sirianer zur Tür herein. Sie waren ebenso groß wie Devoure, aber älter als er. Auch sie hatten einen olivfarbenen Teint – das Ergebnis der stärkeren ultravioletten Strahlung im Siriussystem, wie Lucky sich erinnerte.

Das kurze Stoppelhaar des einen Mannes war stahlgrau. Er hatte einen schmallippigen Mund und sprach rasch, aber sorgfältig artikuliert. Er stellte sich als Harrig Zayon vor, und seine Uniform verriet, daß er Mitglied des Sirius-Raumfahrtsyndikats war.

Der andere war schon fast kahlköpfig. Eine lange Narbe zog sich über seinen Unterarm. Er hatte den scharfen Blick des Weltraumveteranen. Es war Barrett Yonge, ebenfalls Mitglied des Syndikats.

»Ich glaube«, sagte Lucky, »Ihr Raumfahrtsyndikat ist ein Gegenstück zu unserem Wissenschaftsrat.«

»Ja, so ist es«, bestätigte Zayon ernst. »In diesem Sinne sind wir also Kollegen – Kollegen von der anderen Seite.«

»Syndikatsmann Zayon also! Und Syndikatsmann Yonge. Ist Mr. Devoure ...«

Devoure unterbrach ihn. »Ich bin nicht Mitglied des Raumfahrtsyndikats. Ich brauche es nicht zu sein. Man kann dem Sirius auch gute Dienste leisten, ohne zum Syndikat zu gehören.«

»Besonders«, sagte Yonge und legte eine Hand auf den Unterarm, als wolle er seine Narbe verbergen, »wenn man der Neffe des Direktors vom Zentralamt ist.«

Devoure erhob sich. »Soll das eine Spitze gegen mich sein, Syndikatsmann?«

»Durchaus nicht. Es war so gemeint, wie ich es sagte. Ihre Verwandtschaft ermöglicht es Ihnen, dem Sirius bessere Dienste zu erweisen.«

Aber Lucky hörte den Unterton aus dieser trockenen Erklärung deutlich heraus. Es kam ihm vor, als bestehe eine gewisse Feindseligkeit zwischen den beiden älteren Syndikatsmännern und dem jungen und zweifellos einflußreichen Neffen des sirianischen Oberhaupts.

Im Bemühen, dem Gespräch eine andere Wendung zu geben, wandte sich Zayon an Lucky mit der Frage: »Wurde Ihnen unser Vorschlag unterbreitet?«

»Sie meinen den Vorschlag, nach dem ich vor der interstellaren Konferenz wahrheitswidrige Aussagen machen soll?«

Zayons Gesichtsausdruck änderte sich. Er schien verwirrt. »Nein, ich meine, daß Sie auf unsere Seite übertreten und ein Sirianer werden!«

»Bis zu diesem Punkt sind wir allerdings noch nicht gelangt, Syndikatsmann.«

»Na, dann überlegen Sie es sich mal! Wir vom Syndikat kennen Sie gut. Ihre Fähigkeiten und Leistungen finden unsere volle Anerkennung. Im Dienst der Erde aber vergeuden sie nur ihre Kräfte. Denn auf Grund biologischer Tatsachen ist dieser Planet zur Niederlage verdammt.«

»Biologische Tatsachen?« Lucky runzelte die Stirn. »Syndikatsmann Zayon, die Sirianer sind immerhin Nachkommen der Erdbewohner!«

»Stimmt. Aber nicht die Nachkommen aller Erdbewohner! Sie sind allein Nachfahren jener Elite, die Mut und Stärke zur Besiedlung ferner Sternensysteme aufbrachte. Und wir haben unsere Rasse rein erhalten. Wir sorgten für die Ausmerzung aller Schwächlinge und aller Kinder mit minderwertigem Erbgut. So entwickelten wir uns zu einer reinrassigen Nation starker, tauglicher und gesunder Menschen, während die Erde ein Sammelplatz von Kranken und Mißgeburten wurde.«

»Wir hatten gerade ein Beispiel dafür in diesem Zimmer«, sagte Devoure angeekelt. »Es handelte sich um den Begleiter des Ratsmanns. Ich mußte meinen Abscheu überwinden, mit ihm in einem Raum zu verweilen. Ein Affe, die ein Meter 50 kleine Karikatur eines menschlichen Wesens, eine unförmige Mißgeburt ...«

»Er ist ein besserer Mann als Sie, Sirianer«, sagte Lucky langsam.

Devoure ballte die Fäuste und sprang zornbebend auf. Mit wenigen schnellen Schritten war Zayon an seiner Seite und legte ihm die Hand auf die Schulter. »Setzen Sie sich, bitte, Devoure, und lassen Sie mich fortfahren! Hier ist nicht der Ort für müßigen Streit!« Devoure schüttelte unwillig die Hand des anderen ab, nahm aber wieder Platz.

Syndikatsmann Zayon ergriff das Wort. »Ratsmann Starr, vom Standpunkt der äußeren Welten ist die Erde eine schreckliche Gefahr für alle. Eine biologische Pestbombe des Untermenschentums, die jeden Augenblick detonieren und die saubere Galaxis anstecken kann. Das wollen wir verhindern. Wir werden es auf keinen Fall zulassen. Dafür kämpfen wir. Für eine saubere Menschenrasse. Eine Rasse der Tauglichen!«

»Sie meinen: die Sie für tauglich halten«, entgegnete Lucky. »Aber Tauglichkeit tritt in jedweder Form und Gestalt auf. Die bedeutendsten Menschen der Erde waren ebensooft groß wie klein gewachsen. Sie hatten die verschiedensten Hautfarben, Kopfformen und stammten aus allen vorhandenen Sprachbereichen. Blutmischung ist unsere Rettung – und das Heil der gesamten Menschheit!«

»Sie plappern doch nur papageienhaft nach, was man Ihnen eingebleut hat. Ratsmann, merken Sie denn nicht, daß Sie in Wirklichkeit einer von uns sind? Sie sind groß und stark. Sie haben die Gestalt eines Sirianers. Sie haben den Mut und die Entschlossenheit eines Sirianers. Warum wollen Sie mit dem Abschaum von der Erde gegen Menschen Ihresgleichen kämpfen, nur weil der Zufall der Geburt Sie in jene Welt versetzt hat?«

»Das läuft alles auf dasselbe hinaus, Syndikatsmann«, sagte Lucky. »Sie wollen, daß ich bei der interstellaren Konferenz auf Vesta Aussagen zugunsten des Sirius mache.«

»Zugunsten des Sirius, ja! Aber wahrheitsgemäße Aussagen! Sie haben bei uns spioniert. Und Ihr Schiff starrt vor Waffen.«

»Aber Sie verschwenden Ihre Zeit. Über diese Angelegenheit habe ich bereits mit Mr. Devoure gesprochen.«

»Und Sie haben sich einverstanden erklärt, offiziell zu werden, was Sie eigentlich schon immer waren: ein Siriianer?« Zayon strahlte über das ganze Gesicht.

Lucky warf einen Seitenblick auf Devoure, der seine Fingerknöchel betrachtete und den Gleichgültigen spielte.

»Mr. Devoure hat den Vorschlag in etwas abgeänderter Fassung unterbreitet«, antwortete Lucky. »Vielleicht hat er Sie deshalb nicht rechtzeitig von meiner Ankunft unterrichtet. Er wollte die Angelegenheit wohl mit mir allein durchsprechen. So konnte er seine eigenen Methoden anwenden. Kurz und gut: er hat mich vor die Wahl gestellt. Entweder trete ich bei der Konferenz als Parteigänger des Sirius auf, oder mein Freund Bigman wird gefesselt in einem steuerlosen, leeren Raumschiff ins Weltall katapultiert, wo er Hungers sterben soll.«

Langsam wandten sich die beiden Syndikatsmänner zu Devoure um, der immer noch ungerührt seine Finger betrachtete.

Yonge übernahm das Wort. Er sprach nur Devoure an. »Sir, die Tradition des Syndikats verbietet es ...«

Devoure fuhr hoch. Zorn flammte in seinen Augen. »Ich bin kein Syndikatsmann, und ich pfeife auf Ihre Tradition! Ich bin Kommandant dieses Stützpunkts und für seine Sicherheit verantwortlich. Sie beide wurden dazu bestimmt, mich als Delegierte und Repräsentanten des Syndikats zur Konferenz auf Vesta zu begleiten. Aber Chefdelegierter bin ich, und darum bin ich auch verantwortlich für den erfolgreichen Abschluß dieser Konferenz. Wenn diesem Erdmann die Todesart, die für seinen Affenfreund bestimmt wurde, nicht zusagt, braucht er nur in unseren Vorschlag einzuwilligen. Und er wird sehr bald darin einwilligen, weil er eine unverzeihliche Schwäche für dieses kleine

Monster hat. Das Todesurteil wirkt viel stärker auf ihn als Ihr Angebot, ihn zu einem Sirianer zu machen.«

Devoure sprang von seinem Sessel auf. »Hören Sie gut zu!« Wütend marschierte er bis zur entfernten Zimmerwand. Hier drehte er sich heftig um und blickte zornig die beiden Syndikatsmänner an, die ihm in disziplinierter Haltung mit versteinertem Gesicht zuhörten.

»Ich bin Ihrer ständigen Einmischung satt. Das Syndikat hat genügend Zeit gehabt, den Wettlauf gegen die Erde zu gewinnen. Das Ergebnis ist katastrophal. Der Erdmann kann das ruhig mit anhören. Er weiß es sowieso besser als jeder andere. Das Syndikat hat bisher erbärmlich versagt. Ich war es, der diesen Starr überlistet und gefangengenommen hat, und nicht das Syndikat! Was Ihnen fehlt, meine Herren, ist etwas mehr Mumm! Aber keine Sorge, ich werde Ihnen den Marsch bla ...«

In diesem Augenblick riß ein Roboter die Tür auf und meldete: »Meine Herren! Ich bitte um Entschuldigung für mein unbefugtes Eindringen. Aber ich habe Befehl, Ihnen eine Mitteilung über diesen kleinen Herrn zu machen, der uns in Gewahrsam gegeben wurde ...«

»Bigman!« schrie Lucky und sprang auf. »Was ist mit ihm?«

*

Kaum hatten die beiden Roboter Bigman mit Gewalt aus dem Haus gezerrt, da begann er fieberhaft zu überlegen. Dabei dachte er nicht etwa an Flucht. Er war kein Phantast, der es für möglich hielt, eine ganze Horde von Robotern abzuschütteln und allein von einem so gut organisierten militärischen Stützpunkt entfliehen zu können. Das war undenkbar, selbst wenn er die *Shooting Starr* zur Verfügung gehabt hätte – was nicht der Fall war.

Seine Gedanken verliefen in anderer Richtung.

Sein Leben war der Köder, der Lucky zu unehrenhaftem Verrat verlocken sollte.

Er mußte es verhindern, daß Lucky diese furchtbare Wahl zu treffen hatte. Lucky durfte nicht zum Verräter werden, um Bigmans Leben zu retten. Er durfte aber auch nicht zur Rettung seiner eigenen Ehre Bigman opfern. Bis zu seinem Lebensende würde ihm die Bürde dieser Schuld auf dem Gewissen liegen.

Es gab nur einen Weg, um die beiden unerträglichen Möglichkeiten zu vermeiden. Er, Bigman, mußte sterben! Sein Tod durfte nichts mit Luckys Verhalten zu tun haben. Kein Makel durfte den langen Erdmann treffen. Auch das eigene Gewissen mußte ihn frei von Schuld sprechen. Und danach gab es keinen Bigman mehr, mit dem sie ihn erpressen konnten.

Man bugsierte Bigman in ein Kraftfeldwägelchen und fuhr mit ihm los. Wieder dauerte die Fahrt zwei Minuten.

Aber diese kurze Zeit genügte. Bigman faßte einen kristallklaren Entschluß. Er hatte an Luckys Seite einige erregende, glückliche Jahre verbracht. Er hatte mehr Abenteuer bestanden als die meisten Menschen während eines langen Lebens. Mehr als einmal hatte er dem Tod furchtlos ins Auge geschaut. Und auch jetzt fühlte er angesichts des nahen Todes keine Furcht.

Er würde schnell sterben. Aber doch nicht so schnell, daß er sich nicht noch an Devoure revanchieren konnte. Niemand hatte ihn bisher ungestraft so tief beleidigen dürfen. Erst wenn die Bilanz ausgeglichen war, würde er ruhig aus dem Leben scheiden. Die Erinnerung an den arroganten Sirianer erfüllte Bigman mit ungezügelten Haßgefühlen. In diesem Augenblick hätte er nicht entscheiden können, was ihn denn nun wirklich zum Handeln trieb: seine Freundschaft für Lucky oder sein Haß auf Devoure.

Die Roboter hoben ihn aus dem Kraftfeldwagen. Dann ließ der eine seine Metallpfoten unaufdringlich, aber mit den Bewegungen des Experten über den Körper des kleinen Marsmenschen gleiten. Er tastete ihn, wie es Vorschrift war, nach Waffen ab.

Panik erfaßte Bigman. Vergeblich versuchte er, den Arm des Roboters wegzustoßen. »Man hat mich schon nach der Landung im Schiff durchsucht!« brüllte er. Aber der Roboter ließ sich nicht beirren.

Als die Suche ergebnislos beendet war, packten ihn wieder beide Roboter, um ihn in ein anderes Gebäude zu bringen. Jetzt war es soweit! Wenn er erst einmal hinter Kraftfeldwänden in einer Gefängniszelle saß, würde alles viel schwerer sein.

Bigman warf mit der Kraft der Verzweiflung die Beine nach vorn und vollführte zwischen den beiden Robotern einen Salto rückwärts. Der Überschlag konnte nicht ganz vollendet werden, weil die Roboter seine Arme nicht losließen.

»Herr, ich bedaure, daß Sie sich in eine Lage gebracht haben, die Ihnen Schmerzen bereiten muß«, sagte der eine. »Wir bitten Sie, keine weitere Gegenwehr mehr zu leisten. Dann werden wir Sie so sanft wie möglich anfassen.«

Aber Bigman stieß mit den Beinen um sich und kreischte durchdringend: »Mein Arm!«

Die Roboter knieten sich hin und legten Bigman mit aller Umsicht auf den Rücken. »Haben Sie Schmerzen, Herr?«

»Ihr Dummköpfe habt mir den Arm gebrochen! Nicht anfassen! Holt einen Menschen, der etwas von Erster Hilfe versteht! Oder notfalls auch einen ausgebildeten Roboter ...« Seine Stimme ging in ein mitleiderregendes Stöhnen über, und sein Gesicht verzog sich vor Schmerzen.

Ohne den Blick von ihm zu lassen, traten die beiden Roboter zurück. Sie besaßen keinerlei Gefühle – woher auch? Ihr Positronengehirn beschränkte sich auf die Beachtung der Drei Gesetze der Robotik. In Übereinstimmung mit dem Zweiten Gesetz hatten sie einen Befehl ausgeführt. In diesem Fall: ein menschliches Wesen an einen bestimmten Ort zu bringen. Dabei aber hatten sie ein übergeordnetes Gesetz übertreten: das Erste Gesetz, das ihnen verbot, einem menschlichen Wesen Schaden zuzufügen.

Dieses Ereignis mußte ein gelindes Chaos in ihren Positronengehirnen angerichtet haben.

»Holt Hilfe!« schrie Bigman gellend. »Beim Sand des Mars, holt Hilfe!«

Es war ein Befehl, der durch das Erste Gesetz gedeckt war. Ein menschliches Wesen war ja verletzt worden. Die Roboter drehten sich um und machten sich auf den befohlenen Weg. Im selben Augenblick griff Bigman blitzschnell an den oberen Schaft seines rechten Hüftstiefels. Die Hand zwängte sich hinein und kam wieder hervor. Ein Nadelstrahler wärmte seine Handfläche.

Ein Geräusch verriet ihn. Ein Roboter wandte sich um. Als er sprach, klang seine Stimme mühsam und leicht verzerrt. »Is' der Herr doch nich' verletß?« Die Sprachhemmung war das Ergebnis der Verwirrung in seinem Positronengehirn. Auch der zweite Roboter blieb stehen und drehte sich um.

»Bringt mich zu euren sirianischen Herren zurück!« befahl Bigman.

Auch dies war ein Befehl. Aber er wurde nicht mehr durch das Erste Gesetz gedeckt. Das menschliche Wesen war ja gar nicht verletzt, wie sich inzwischen herausgestellt hatte. Die Erkenntnis verursachte bei den Robotern weder Erstaunen noch Erschütterung. Der eine von ihnen sagte nur, und seine Sprache klang jetzt wieder so klar wie sonst: »Da Ihr Arm nicht gebrochen ist, müssen wir unseren ursprünglichen Befehl ausführen. Bitte, kommen Sie mit uns!«

Bigman verlor keine Zeit. Lautlos blitzte der Nadelstrahler auf, und der Kopf des Roboters war nur noch ein Klumpen geschmolzenen Metalls. Was von dem Maschinenwesen übriggeblieben war, plumpste zu Boden.

»Es ist sinnlos, unsere Funktionen zu zerstören«, sagte der zweite Roboter und ging auf Bigman los.

Selbstschutz gebot erst das Dritte Gesetz. Allein auf dieser Grundlage konnte ein Roboter die Ausführung eines

Befehls (Zweites Gesetz) nicht verweigern. Also mußte er auch gegen einen auf ihn gerichteten Nadelstrahler losmarschieren. Zweifellos war sofort ein Funkspruch an andere Roboter ergangen, als Bigman behauptet hatte, sich den Arm gebrochen zu haben. Bald würden Roboter von allen Seiten herbeieilen.

Sie würden alle in die Geschosse des Nadelstrahlers marschieren. Aber es würden immer einige übrigbleiben, die Bigman schließlich überwältigen und in eine Zelle einsperren würden. Kein rascher Tod für ihn – und Lucky würde weiterhin vor der unerträglichen Alternative stehen.

Es gab nur einen Ausweg. Bigman setzte den Nadelstrahler an seine Schläfe.

XI

BIGMAN GEGEN ALLE

»Keinen Schritt näher!« warnte Bigman mit sich überschlagender Stimme. »Noch einen Schritt, und ich muß abdrükken. Dann habt ihr mich umgebracht!«

Dabei versuchte er, sich mit dem Äußersten abzufinden. Wenn nichts verfing, mußte er wirklich abdrücken.

Aber die Roboter erstarrten. Keiner ging weiter vor. Bigmans Augen wanderten langsam von rechts nach links. Ein Roboter ohne Kopf lag am Boden, ein Haufen nutzlosen Metalls. Einer stand in seiner Nähe und hatte die Arme schon halb nach ihm ausgestreckt. Einer war noch 30 Meter weg und hatte mitten im Schritt gestoppt.

Langsam drehte sich Bigman herum. Ein Roboter, der gerade aus einem Haus kam, hatte noch auf der Schwelle angehalten. Andere Roboter standen in größerer Entfernung. Es war, als wären sie plötzlich mitten in der Bewegung eingefroren, als hätte sie ein Blitzschlag gelähmt.

Das überraschte Bigman kaum. Es war das Erste Gesetz.

Alles andere war ihm untergeordnet: Befehle, ihre eigene Existenz, alles. Sie durften keine Bewegung machen, wenn eine Bewegung einem menschlichen Wesen Schaden zufügen würde.

»Alle Roboter kehren jetzt um!« befahl Bigman. »Außer diesem hier!« Er deutete auf den, der nahe vor ihm stand, den Gefährten des zerstörten Roboters. »Geht wieder an die Arbeit, mit der ihr gerade beschäftigt wart! Vergeßt mich und alles, was eben hier geschah! Nichtausführung dieser Befehle würde meinen Tod bedeuten.«

Also mußten alle bis auf einen umkehren. Es war ein sehr grober Befehl, und Bigman, der ihn mit grimmigem Gesicht erteilt hatte, erwartete eigentlich, der zur Ausführung nötige Protonen-Impuls könne das in Platin und Iridium gelagerte empfindliche Roboterhirn zerstören.

Wie die Erdmenschen mißtraute er Robotern.

Sie waren jetzt alle umgekehrt. Mit Ausnahme des einen. Noch immer lag die Mündung des Nadelstrahlers an Bigmans Schläfe.

»Bring mich zu deinem Herrn zurück!« sagte Bigman zu dem übriggebliebenen Roboter. Statt des Wortes »Herr« hatte Bigman eigentlich einen verächtlichen Ausdruck gebrauchen wollen. Aber er überwand sich mit einiger Mühe. Was verstand ein Roboter denn schon von einer Beleidigung!

»Los!« trieb er ihn an. »Und ein bißchen fix! Unterwegs hast du auf keinen anderen Herrn oder Roboter zu hören, der uns begegnet. Ich habe diesen Nadelstrahler und werde damit auf jeden Herrn schießen, der uns in die Quere kommt. Und notfalls auf mich selber.«

»Ich führe die Befehle aus«, sagte der Roboter. Seine Stimme klang heiser. Dies war, wie Bigman von Lucky gelernt hatte, ein erstes Anzeichen positronischer Störungen im Roboterhirn. »Der Herr kann sicher sein, daß ich nichts tun werde, das ihm oder einem anderen Herrn Schaden zufügt.«

Er drehte sich um und ging zum Kraftfeldwagen voraus. Bigman folgte. Er war halb und halb darauf gefaßt, daß der Roboter auf dem Rückweg versuchen würde, ihn auszutricksen. Aber nichts dergleichen geschah. Er mußte sich wirklich dauernd vor Augen halten, daß ein Roboter eine Maschine war, die nach unabänderlichen Regeln arbeitete! Lügen und betrügen konnten nur menschliche Wesen.

Als sie vor Devoures Büro hielten, sagte Bigman: »Ich warte im Wagen. Ich gehe nicht weg. Du gehst rein und sagst dem Herrn Devoure, daß der Herr Bigman frei ist und auf ihn wartet!« Erneut kämpfte Bigman mit der Versuchung, und diesmal unterlag er. Er war zu dicht an Devoure herangekommen, um der Lockung erfolgreich zu widerstehen.

»Sag ihm«, fügte er hinzu, »er soll seinen aufgedunsenen, fetten Kadaver gefälligst nach draußen bemühen! Sag ihm, mir ist es gleich, ob er mit Nadelstrahler oder mit Fäusten gegen mich kämpft! Und sag ihm auch: Wenn er zu beidem zu feige ist, werde ich ihn mit einem Tritt in den Hintern bis zum Mars befördern!«

*

Ungläubig starrte Devoure den Roboter an. Sein dunkles Gesicht war wie im Krampf verzogen, und die Augen schleuderten unter den zusammengezogenen Brauen zornige Blitze.

»Du meinst, er wartet vor der Haustür? Frei und bewaffnet?«

Er blickte zu den beiden Syndikatsmännern, die ebenso erstaunt schienen.

»Große Galaxis«, murmelte Lucky. Dieser Bigman gab doch nie auf! Er würde alles kaputtmachen – und dabei den Tod finden ...

Syndikatsmann Zayon erhob sich schwerfällig. »Was ist, Devoure? Sie glauben doch nicht etwa, daß die Roboter uns was vorlügen?« Er schritt zum Wandtelefon und drückte die Zahlen für den Notruf. »Wenn ein bewaffneter und zu allem entschlossener Erdmann frei auf dem Stützpunkt herumläuft, müssen wir schnellstens handeln!«

»Aber wie kommt er an eine Waffe?« Devoure wurde gedanklich mit der neuen Lage noch nicht fertig, ging aber zur Tür. Als Lucky sich ihm anschloß, wirbelte der Sirianer herum. »Bleiben Sie zurück, Starr!«

Dann sprach er den Roboter an. »Bleib bei diesem Erdmann! Er darf das Haus unter keinen Umständen verlassen!«

Endlich schien Devoure zu einem Entschluß zu kommen. Er zog einen schweren Blaster und stürmte nach draußen. Zayon und Yonge zögerten. Sie warfen einen kurzen Blick auf Lucky und den Roboter. Dann gaben sie sich einen Ruck und folgten Devoure.

*

Vor Devoures Bürohaus dehnte sich ein großer, freier Platz, auf dem künstliches Licht von jener schwach bläulichen Färbung lag, wie sie der Sirius ausstrahlte. In der Mitte stand Bigman ganz allein. Fünf Roboter hielten sich in hundert Meter Entfernung auf. Von weiter weg näherten sich andere Roboter.

»Kommt!« schrie Devoure den nächststehenden Robotern zu und winkte heftig. »Holt euch das Ding!« Dabei deutete er auf Bigman.

»Die kommen mir nicht nahe!« schrie Bigman zurück. »Wenn sie eine Bewegung auf mich zu machen, brenne ich Ihnen das Herz aus dem Leibe, und die Roboter wissen das. Sie können nichts riskieren.« Er stand locker da und machte ein höhnisches Gesicht.

Devoure wurde purpurrot und hob den Blaster.

»Schießen Sie sich bloß nicht selber ins Knie!« spottete Bigman. »Sie halten den Blaster viel zu dicht am Körper!«

Bigmans rechter Ellbogen ruhte in der offenen linken Hand. Noch während er sprach, preßte er die rechte Faust ein wenig zusammen. Zwischen Zeige- und Mittelfinger ragte die Mündung des Nadelstrahlers hervor. Aus ihm schoß ein Deuteriumstrahl durch ein kurzfristig entstandenes magnetisches Feld. Es gehörte einzigartige Geschicklichkeit dazu, Daumenhaltung und Faustdruck hundertprozentig abzustimmen. Aber Bigman besaß sie. Niemand im Sonnensystem übertraf ihn in dieser Fertigkeit.

Die Mündung von Devoures Blaster wurde zu einem winzigen weißen Funken! Devoure stieß einen Schrei der Überraschung aus und ließ die Waffe fallen.

»Ich weiß nicht, wer die beiden anderen Kerle sind«, rief Bigman. »Aber wenn einer von ihnen eine verdächtige Bewegung macht oder gar einen Blaster zieht, dann ist er geliefert!«

Alle erstarrten. Nach einer Weile fragte Yonge: »Wie kommt es, daß Sie bewaffnet sind?«

»Ein Roboter«, erklärte Bigman, »ist nicht klüger als der Kerl, der ihn programmiert. Die Roboter, die mich auf dem Schiff und hier draußen nach Waffen abtasteten, wurden von einem Knilch programmiert, der keine Ahnung hat, daß Marsmänner noch andere Dinge in ihre Hüftstiefel stecken als nur ihre Beine!«

»Und wie entkamen Sie den Robotern?«

»Dazu mußte ich einen zerstören«, sagte Bigman kaltblütig.

»Sie haben einen Roboter zerstört?« Grauen packte die drei Sirianer.

Bigman wurde es allmählich unbehaglich. Von den Robotern befürchtete er nichts. Aber jeden Augenblick konnte irgendwo ein anderer Sirianer auftauchen und ihm aus sicherer Entfernung in den Rücken schießen.

Er fühlte ein Kribbeln zwischen den Schulterblättern und wartete auf den Schuß aus dem Hinterhalt. Na, wenigstens würde es schnell vorbei sein. Er würde gar nichts spüren.

Und danach hätten sie nichts mehr in der Hand, um Lucky zu erpressen. Tot oder lebendig – er, Bigman, würde das Spiel gewinnen!

Nur hätte er sich gern noch an Devoure gerächt. An diesem qualligen sirianischen Dreckskerl, der mit ihm am Tisch gesessen und ihm Worte ins Gesicht geschleudert hatte, die kein Mensch im ganzen Weltall hinnehmen konnte, ohne sich dafür zu rächen.

»Ich könnte Sie jetzt alle über den Haufen schießen«, rief Bigman. »Wollen wir eine Vereinbarung treffen?«

»Sie werden nicht auf uns schießen«, entgegenete Syndikatsmann Yonge ruhig. »Denn wenn Sie schießen, bedeutet das, daß ein Erdmann auf einem sirianischen Planeten kriegerische Handlungen eröffnet hat. Und das könnte Krieg nach sich ziehen.«

»Außerdem«, brüllte Devoure dazwischen, »sind Sie vor den Robotern nicht mehr sicher, wenn Sie uns angreifen. Die werden lieber drei menschliche Wesen verteidigen – und nicht eins. Werfen Sie also den Nadelstrahler weg, und lassen Sie sich festnehmen!«

»All right. Schicken Sie die Roboter weg, und ich werde mich Ihnen ergeben.«

»Die Roboter werden Sie festnehmen«, entschied Devoure. Lässig wandte er sich um und sagte zu den beiden anderen Sirianern: »Ich bekomme eine Gänsehaut, wenn ich mit dieser humanoiden Mißgeburt sprechen muß.«

Sofort blitzte Bigmans Nadelstrahler abermals auf. 30 Zentimeter vor Devoures Augen explodierte ein kleiner Feuerball. »Sagen Sie so was noch einmal, und Sie verlieren Ihr Augenlicht! Sollen die Roboter nur kommen! Ehe sie hier sind, habe ich Sie alle drei erwischt. Könnte sein, daß ein Krieg daraus entsteht. Aber Sie drei werden ihn nicht mehr erleben. Schicken Sie die Roboter weg! Ich werfe einem von Ihnen beiden meinen Nadelstrahler zu und ergebe mich Devoure. Dann wollen wir doch mal sehen, ob er mit mir fertig wird!«

Zayon sagte steif: »Das ist ein vernünftiger Vorschlag, Devoure.«

Devoure rieb sich noch immer die Augen. »Nehmen Sie ihm die Waffe ab! Gehen Sie hin, und nehmen Sie ihm die Waffe ab!«

»Warten Sie!« rief Bigman. »Keine Bewegung! Ich verlange Ihr Ehrenwort, daß mich niemand niederschießt oder den Robotern ausliefert. Nur Devoure darf mich festnehmen.«

Devoure explodierte. »Ihnen – mein Ehrenwort?«

»Ja, mir! Aber auf Ihr Ehrenwort verzichte ich. Ich nehme lieber das Wort eines der beiden anderen Männer entgegen. Sie tragen die Uniform des sirianischen Raumfahrtsyndikats, also kann ich mich auf ihr Wort verlassen. Falls ich Ihnen den Nadelstrahler übergebe, werden Sie sich dann heraushalten, wenn Devoure mich eigenhändig festnimmt?«

»Sie haben mein Wort«, sagte Zayon.

»Und meins auch«, fügte Yonge hinzu.

»Was soll das?« empörte sich Devoure. »Ich habe durchaus nicht die Absicht, diese Kreatur anzurühren!«

»Haben Sie Angst vor mir?« fragte Bigman freundlich. »Bin ich zu groß für Sie, Devoure? Sie haben mich beschimpft. Sind Sie ein Feigling? Hier ist mein Nadelstrahler, Syndikatsmänner!«

Er warf die Waffe Zayon zu. Der griff mit der Hand zu und fing sie geschickt auf.

Bigman wartete. Kam nun der Tod?

Aber Zayon steckte den Nadelstrahler in die Tasche.

»Roboter!« schrie Devoure.

Aber Zayon überschrie ihn: »Weg mit euch, Roboter!« Dann sagte er nachdrücklich zu Devoure: »Er hat unser Wort. Sie müssen ihn selber festnehmen.«

Devoure schnitt eine Grimasse, widersprach aber nicht. Dann ging er mit eiligen Schritten auf Bigman zu. Der kleine Marsmann erwartete ihn in leicht geduckter Haltung.

Als der andere die Arme nach ihm ausstreckte, entging Bigman dem Zugriff durch einen flinken Seitenschritt. Im nächsten Augenblick schoß er wie ein Kastenteufel vor.

Seine Faust traf Devoures Kopf wie ein Hammer. Devoure taumelte zurück und setzte sich auf den Boden. Er starrte Bigman in fassungslosem Erstaunen an. Auf seiner rechten Wange zeigte sich ein roter Fleck, und aus dem Mundwinkel tropfte Blut. Er wischte mit den Fingern darüber und betrachtete sie dann ungläubig. Es wirkte fast komisch.

»Der Erdmann ist größer, als er aussieht«, bemerkte Yonge.

»Ich bin nicht von der Erde«, rief Bigman. »Ich bin Marsmensch ... Steh auf, Devoure! Oder bist du zu schlapp? Kommst du ohne Hilfe deiner Roboter überhaupt nicht zurecht? Müssen sie dir auch den Hintern abwischen?«

Devoure stieß einen heiseren Schrei aus und sprang auf die Füße. Aber diesmal stürmte er nicht auf Bigman los, sondern umkreiste ihn vorsichtig. Sein Atem ging schwer. Seine Augen waren blutunterlaufen.

Bigman drehte sich mit ihm. Er hörte ihn keuchen. Wohlleben und das ständige Umsorgtsein durch Roboter hatten den Mann verweichlicht. Bigman betrachtete die untrainierten Arme und die staksigen Beine. Er war ziemlich sicher, daß der Sirianer noch nie einen Boxkampf Mann gegen Mann ausgetragen hatte.

Wieder griff Bigman an. Mit raschem, zielsicherem Griff packte er den anderen beim Arm und drehte ihn auf den Rücken. Devoure heulte vor Schmerz auf. Bigman ließ ihn los, und sein Gegner fiel der Länge nach hin.

Bigman trat zurück. »Was ist denn los? Ich bin doch nicht mal ein Er. Ich bin doch nur ein Ding! Was hast du denn für Schwierigkeiten?«

Mit einem Blick, der Böses verhieß, schaute Devoure zu den beiden Syndikatsmännern hinüber. Er richtete sich auf, kam auf die Knie und preßte die Hand stöhnend an die Hüfte, mit der er auf den Boden aufgeschlagen war.

Die beiden Sirianer bewegten zu seiner Hilfe keinen Finger. Ungerührt sahen sie zu, wie Bigman ihn wieder und wieder zu Boden schlug.

Endlich griff Zayon ein. »Jetzt ist es genug, Marsmann! Wenn Sie so weitermachen, wird er noch ernsthaft verletzt werden. Wir hatten ausgemacht, daß Sie sich von Devoure mit bloßen Händen festnehmen lassen. Ich glaube, Sie wollten nur Ihr Mütchen an ihm kühlen. Jetzt ist es aber genug! Ergeben Sie sich mir, oder ich muß zum Nadelstrahler greifen.«

Doch Devoure fuhr ihn schweratmend an: »Weg mit Ihnen! Verschwinden Sie, Zayon! Dafür ist es zu spät. Machen Sie Platz, sage ich!« Und dann brüllte er mit sich überschlagender Stimme: »Roboter! Kommt sofort her!«

»Er wird sich mir ergeben«, sagte Zayon.

»Ergeben?« wiederholte Devoure. Er verzog das geschwollene Gesicht vor Schmerz und ungehemmter Wut. »Kommt nicht in Frage! Dafür ist es zu spät ... Du, Roboter! Du da drüben ... pfeif auf deine Seriennummer ... dich meine ich! Pack es ... pack dieses Ding!« Er zeigte auf Bigman, und seine Stimme wurde zu gellendem Geschrei. »Zerstöre es! Zerbrich es! Zerbrich es Stück für Stück!«

Der Roboter stand kerzengerade und rührte sich nicht vom Fleck.

»Du kannst keinem menschlichen Wesen Schaden zufügen, Roboter, ist doch klar«, sagte Devoure beschwörend. »Das verlange ich auch nicht von dir. Aber das hier ist kein menschliches Wesen!«

Der Roboter wandte sich Bigman zu und maß ihn mit langem Blick.

»Der Roboter glaubt dir nicht!« frohlockte Bigman. »Kann sein, daß *du* mich nicht als Menschen anerkennen willst, aber der Roboter weiß es besser.«

»Sieh dir das Ding an, Roboter!« sagte Devoure betont. »Es spricht und sieht menschenähnlich aus. Genau wie du, und trotzdem bist du kein menschliches Wesen. Ich beweise dir, daß das Ding nicht menschlich ist. Hast du schon jemals einen ausgewachsenen Menschen gesehen, der so klein war? Das ist der Beweis! Das Ding ist kein Mensch. Es ist ein Tier – und es hat mich angegriffen und verletzt. Du mußt es zerstören!«

»Der kleine Junge ruft nach seiner Robotermami!« spottete Bigman.

Der Roboter machte einen Schritt auf Bigman zu.

Da trat Yonge zwischen Bigman und den Roboter. »Ich kann das nicht zulassen, Devoure. Ein Roboter darf so etwas nicht tun. Schon deshalb nicht, weil der Streß einer solchen Handlung sein Positronengehirn unwiderruflich beschädigen würde.«

Devoure brachte nur noch ein heiseres Flüstern zustande. »Ich bin Ihr Vorgesetzter! Wenn Sie noch einmal versuchen, mir in den Arm zu fallen, dann sorge ich dafür, daß Sie aus dem Syndikat fliegen!«

Die lebenslange Gewohnheit des Gehorchens war zu stark. Yonge trat wortlos zurück. Aber sein Blick drückte deutlich Abscheu und Haß aus.

Der Roboter setzte sich in Bewegung, und Bigman wich vorsichtshalber einen Schritt zurück. Laut sagte er: »Ich bin ein menschliches Wesen!«

»Das Ding ist nicht menschlich!« brüllte Devoure wie von Sinnen. »Es ist nicht menschlich, sag' ich dir! Zerbrich es Stück für Stück – und ganz langsam!«

Ein Kälteschauer durchrieselte Bigman. Sein Mund wurde trocken. Damit hatte er nicht gerechnet. Ein schneller Tod, ja, aber dies ...

Er hatte keinen Nadelstrahler mehr, und die Flucht war ihm versperrt. Andere Roboter standen schon hinter ihm, und sie alle hatten vernommen, daß er kein menschliches Wesen sei ...

XII

DIE KAPITULATION

Ein grimmiges Lächeln lag auf dem verbeulten und angeschwollenen Gesicht Devoures. Geistesabwesend tupfte er mit dem Taschentuch die aufgerissene Lippe an. Aber seine Augen hingen unverwandt an dem Roboter, der auf Bigman zuschritt, und er schien nichts anderes mehr wahrzunehmen.

Dem kleinen Marsmann blieben noch höchstens zwei Meter zum Rückzug. Devoure war es recht. Er trieb den Roboter nicht zu größerer Eile an, und er gab den Robotern hinter Bigman keinen Befehl zum Eingreifen.

Yonge machte noch einen Versuch. »Devoure, um Sirius' willen, Mann, das muß doch nicht sein!«

»Halten Sie sich raus, Yonge!« verwies ihn Devoure. »Dieser Humanoid hat einen Roboter zerstört und wahrscheinlich noch mehrere beschädigt. Wir müssen seinetwegen jeden Roboter, der Zeuge seiner Gewalttat wurde, einer Generalinspektion unterziehen. Er hat den Tod verdient.«

Zayon wollte Yonge zurückhalten, aber der stieß ungeduldig die Hand zur Seite. »Den Tod? All right. Dann lassen Sie ihn zum Sirius bringen, wo er nach dem geltenden Recht vor ein Gericht gestellt, verurteilt und hingerichtet werden wird. Oder setzen Sie hier auf dem Stützpunkt einen Prozeß gegen ihn an, und lassen Sie ihn dann ehrenhaft durch einen Blaster sterben! Aber dies ist nicht korrekt! Nur weil er Sie geschlagen ...«

»Genug!« brüllte Devoure in ausbrechendem Zorn. »Es reicht mir! Dauernd mischen Sie sich in meine Angelegenheit. Hiermit stelle ich Sie unter Arrest! Zayon, nehmen Sie ihm den Blaster ab, und werfen Sie mir die Waffe zu!« Er drehte sich ganz kurz um, wollte wohl keinen Blick von Bigman lassen. »Worauf warten Sie noch, Zayon? Sie führen meinen Befehl auf der Stelle aus, oder bei allen Teufeln des Weltalls, ich verhafte Sie beide!«

Das Gesicht umdüstert, hielt Zayon wortlos Yonge die Hand hin. Yonge zögerte. Seine Finger schlossen sich um den Griff des Blasters und zogen ihn langsam, zornig aus der Halfter.

»Nein, Yonge!« flüsterte Zayon ihm hastig zu. »Liefere ihm keinen Vorwand! Wenn sein Tobsuchtsanfall vorüber ist, hebt er den Arrest sowieso wieder auf. Er kann ja gar nicht anders.«

»Ich will den Blaster!« brüllte Devoure.

Mit bebender Hand riß Yonge die Waffe heraus und warf sie, den Griff nach vorne, Zayon zu. Der fing sie und schleuderte sie Devoure vor die Füße. Devoure bückte sich und nahm den Blaster auf.

In der Zwischenzeit hatte Bigman kein Wort gesagt, sondern verzweifelt nach einem Ausweg aus seiner hoffnungslosen Lage ausgespäht. Als sich die monsterhafte Hand des Roboters um sein Handgelenk schloß, schrie er: »Faß mich nicht an! Ich bin ein Herr!«

Noch einmal zögerte der Roboter. Aber dann wurde sein Griff fester. Mit der anderen Hand suchte er Bigmans Ellbogen zu packen. Devoure lachte in schrillen, hektischen Tönen.

Yonge machte kehrt. Mit erstickter Stimme murmelte er: »Keinesfalls sehe ich mir dieses feige Verbrechen mit an! Aus diesem Grunde versäumte er auch die folgenden Ereignisse.

*

Mit großer Anstrengung zwang sich Lucky zur Ruhe, als die drei Sirianer das Haus verließen. Er konnte unmöglich mit nackten Fäusten den Roboter niederschlagen. Aber irgendwo im Haus mußte es doch eine Waffe geben! Damit würde er den Roboter außer Gefecht setzen, ins Freie stürmen und notfalls die drei Sirianer über den Haufen schießen.

Und danach? Nie würde ihm eine Flucht von Titan gelingen. Und es war schlechthin unmöglich, den ganzen Stützpunkt zu überwältigen.

Und was noch schlimmer war: wenn er getötet wurde – und so würde es wohl enden – starb mit ihm sein Geheimplan. Und darauf durfte er es nicht ankommen lassen.

Mit ruhiger Stimme wandte er sich an den Roboter. »Was ist dem Herrn Bigman zugestoßen? Antworte – aber beschränke dich auf das Wesentliche!«

Der Roboter berichtete kurz. Lucky lauschte mit höchster Spannung. Er bemerkte, daß der Roboter zuweilen die Worte undeutlich aussprach, lispelte und stotterte, als er berichtete, wie Bigman durch Vortäuschung und Drohung von Schäden bei Menschenwesen sich die Roboter gefügig gemacht hatte.

Lucky mußte an sich halten, um nicht laut aufzustöhnen. ein toter Roboter! Die volle Strenge des sirianischen Gesetzes würde Bigman treffen. Lucky wußte hinreichend über die Kultur der Sirianer und ihre Sympathie für Roboter Bescheid. Sie würden es Robotermord nennen und Bigman alle mildernden Umstände verweigern.

Wie konnte man den unbeherrschten kleinen Kerl jetzt noch retten?

Lucky dachte an seinen halbherzigen Versuch, Bigman auf Mimas zurückzulassen. Natürlich hatte er diesen Ablauf der Dinge nicht vorausgesehen. Aber er hatte schon damals befürchtet, daß Bigmans unbändiges Temperament sie in dieser verzwickten Situation in große Schwierigkeiten bringen würde. Er hätte darauf bestehen sollen, daß Bigman auf Mimas bliebe. Aber was nützten jetzt Selbstvorwürfe? Im übrigen ... das wurde ihm jetzt völlig klar ... brauchte er den Gefährten an seiner Seite.

Dann aber mußte er ihn jetzt retten. Irgendwie mußte er ihn retten!

Schnellen Schritts ging er auf den Ausgang zu. Der Roboter aber zögerte nicht. Er verstellte ihm den Weg. »Ich habe B'fehl, den Herrn unter keinen Umstell ... Umständen aus 'm Haus zu laschen ... lassen.«

»Ich geh ja nicht aus dem Haus«, sagte Lucky scharf. »Ich geh nur zur Tür. Du hast keinen Befehl erhalten, mich daran zu hindern!«

Nach kurzem Schweigen wiederholte der Roboter stur: »Ich habe Befehl, den Herrn unter keinen Umstell ... Umständen aus 'm Haus zu laschen ... lassen.«

Verzweifelt bemühte sich Lucky, ihn beiseite zu stoßen. Der Roboter packte ihn, so daß er sich nicht mehr rühren konnte, und schob ihn dann zurück.

Von Ungeduld verzehrt, biß Lucky sich auf die Lippe. Ein intakter Roboter, dachte er, hätte seinen Befehl begriffen und gehorcht. Dieser Roboter war bereits beschädigt. Er verstand nur noch die einfachsten Regeln der Robotik.

Aber es war unbedingt nötig, zu Bigman zu gelangen! Lucky wirbelte herum. Vor ihm stand der Konferenztisch. In seiner Mitte befand sich das dreidimensionale Bildwiedergabegerät. Devoure hatte es vorhin einmal in Betrieb gesetzt, als die beiden Syndikatsmänner ihn anriefen.

»Du! Roboter!« rief Lucky.

Der Roboter kam zum Tisch marschiert.

»Wie funktioniert dieses Gerät?« fragte Lucky.

Der Roboter reagierte langsam, und seine Sprache war nicht mehr ganz einwandfrei. Er sagte: »Die Kanöpfe sind in diß Ninische.«

»Welche Nische?«

Schwerfällig zog der Roboter eine Schiebetür auf und zeigte Lucky die Bedienungsknöpfe.

»All right«, sagte Lucky. »Kann ich das Gerät auf den Platz vor dem Haus einstellen? Zeig es mir! Stell ein!«

Er trat zur Seite. Der Roboter fummelte an den Knöpfen herum. »Is' eingestellt, Herr.«

»Dann wollen wir mal sehen.« Über dem Tisch war der

freie Platz vor dem Haus sichtbar geworden. Mehrere kleine Gestalten waren zu erkennen. Der Roboter war zurückgetreten und schaute woandershin.

Lucky rief ihn nicht zurück. Der Ton war nicht angestellt. Doch während er nach dem Knopf faßte, der wahrscheinlich den Ton kontrollierte, nahm ein beginnender Kampf seine ganze Aufmerksamkeit in Anspruch. Devoure ging mit den Fäusten auf Bigman los. Er ließ sich mit Bigman ein!

Wie hatte es der kleine Kobold nur fertiggebracht, daß die beiden Syndikatsmänner seelenruhig dabeistanden und keine Miene machten einzugreifen? Denn natürlich verprügelte Bigman seinen Gegner nach Herzenslust. Aber Lucky konnte sich darüber nicht freuen.

Das Ende würde unweigerlich sein, daß sie Bigman töteten. Lucky nahm als sicher an, daß Bigman das auch wußte, sich aber nichts daraus machte. Um sein Mütchen an dem Mann zu kühlen, der ihn mit seinen Hohnreden so schwer getroffen hatte, nahm der kleine Marsmann alles in Kauf, sogar seinen Tod ... Aha, jetzt trat ein Syndikatsmann dazwischen!

In diesem Augenblick fand Lucky den richtigen Knopf für den Ton. Gellende Laute klangen aus dem Gerät. Devoure schrie aufgebracht nach den Robotern. Und dann befahl er ihnen, Bigman in Stücke zu brechen!

Den Bruchteil einer Sekunde meinte Lucky, sich verhört zu haben. Aber dann war er sicher, daß es stimmte. Verzweifelt hämmerte er mit beiden Fäusten auf den Tisch. Wie gehetzt jagten sich seine Gedanken.

Er mußte hier raus! Aber wie?

Er war mit einem Roboter zusammengesperrt, dessen positronische Gehirnwindungen nur noch von einem Befehl beherrscht wurden: Lucky unter keinen Umständen rauszulassen.

Große Galaxis, gab es denn nichts, was diesem Befehl gegenüber Vorrang hätte? Er hatte ja nicht mal eine Waffe zur

Hand, mit der er den Roboter ausschalten oder ihm Selbstmord androhen konnte.

Sein Blick fiel auf das Wandtelefon. Zuletzt war Zayon drangewesen. Als die Meldung über Bigman kam, hatte der Syndikatsmann irgend etwas über einen Notstand hineingerufen.

»Schnell, Roboter! Was wurde hier vorhin angeordnet?«

Der Roboter kam heran, schaute auf die schwach rotglühenden Knöpfe und sagte mit quälender Langsamkeit: »Ein Herr or'nete Bereitschaft ßum Beßiehen der 'fechtsstaschonen für alle Roboter an.«

»Und welche Knöpfe muß man drücken, um die Roboter tatsächlich sofort auf ihre Gefechtsstationen zu schicken? Ein Befehl, der alle vorhergegangenen Befehle ungültig macht?«

Der Roboter starrte ihn an. In höchster Verzweiflung griff Lucky nach der Hand des Roboters und riß an ihr. »Sag es doch! Los! Sag es!«

Verstand der Roboter ihn überhaupt? Oder blockierte der eine Befehl noch immer das beschädigte Positronengehirn? War er außerstande, die Auskunft zu erteilen?

»Sag es mir! Oder tu es gleich! Los, tu es!«

Ohne ein Wort hob der Roboter den Arm und drückte mit unsicherem Finger langsam auf zwei Knöpfe. Dann zog er den Finger wenige Zentimeter zurück und erstarrte.

»Ist das alles?« fragte Lucky in fliegender Eile. »Hast du sie auf die Gefechtsstationen geschickt?«

Aber der Roboter blieb stumm. Er drehte sich und ging schwerfällig zur Tür. Den einen Fuß schleppte er nach. Und dann verschwand er ins Freie.

Mit raumgreifenden Schritten folgte ihm Lucky nach draußen und rannte, so schnell er konnte, zu Bigman und den drei Sirianern, die etwa hundert Meter entfernt waren.

*

Yonge wandte sich eben mit Grauen von einem Schauspiel ab, das den qualvoll langsamen, schaurig blutigen Tod eines menschlichen Wesens herbeiführen sollte. Seine Kopfhaut kribbelte, während er jeden Augenblick den ersten furchtbaren Schmerzensschrei des Gefolterten erwartete. Statt dessen vernahm er zwei andere Laute. Ein überraschtes Knurren von Zayon und einen wilden Schrei von Devoure.

Er machte kehrt. Der Roboter, der eben noch Bigman festgehalten hatte, hatte ihn losgelassen und rannte gewichtig davon. Aber nicht er allein. Alle Roboter, die im Blickfeld waren, rannten weg!

Und irgendwie war der Erdmann Lucky Starr ins Freie gelangt und stand bereits neben Bigman!

Lucky beugte sich über den kleinen Marsmann, der sich den schmerzenden linken Arm rieb und kopfschüttelnd hervorstieß: »Eine Minute später, Lucky ... nur eine Minute später, und ...«

Immer noch brüllte Devoure mit heiserer Stimme hinter den Robotern her, die sich nicht darum kümmerten. Plötzlich aber dröhnte eine Lautsprecherstimme über den weiten Platz.

»Commander Devoure! Bitten um neue Instruktionen. Unsere Instrumente melden keine feindlichen Streitkräfte. Bitten um Erklärung des Befehls, die Gefechtsstationen zu besetzen. Commander Devoure ...«

»Gefechtsstationen«, murmelte Devoure betroffen. »Kein Wunder, daß die Roboter ...« Sein Blick fiel auf Lucky. »Das ist Ihr Werk!«

Lucky nickte. »Ja, Sir.«

Devoure preßte die geschwollenen Lippen aufeinander. Dann sagte er heiser: »Der erfahrene, der schlaue, der um keinen Ausweg verlegene Ratsmann! Sie haben Ihrem Affen das Leben gerettet – für den Augenblick.« Er zielte mit dem Blaster auf Luckys Körper. »Geht in mein Büro! Alle! Sie auch, Zayon! Allesamt!«

Das Gerät auf dem Konferenztisch gab einen ununterbrochenen Summton von sich. Offenbar hatten die verdutzten Unterführer Devoure im Büro zu erreichen versucht, und als er sich dort nicht meldete, das Lautsprechersystem benutzt.

Devoure stellte den Ton an, jedoch nicht das Bild. »Kommando zurück!« blaffte er. »Der Gefechtsbefehl war ein Mißverständnis.«

Der Mann am anderen Ende der Leitung sprudelte einige Worte heraus, aber Devoure unterbrach ihn in zurechtweisendem Ton: »Unsinn, das Bild ist in Ordnung. Nun machen Sie schon! Alles wieder an seine Arbeit!« Unwillkürlich hielt er die Hand vor sein Gesicht, als fürchte er, sein Gesprächspartner könne es vielleicht doch sehen – und sich fragen, was Devoure zugestoßen sei.

Yonges Nasenflügel bebten. Langsam strich er sich über die große Narbe an seinem Unterarm.

Devoure setzte sich. »Stellt euch dahin!« befahl er und musterte düster die Gesichter der anderen. »Dieser Marsmensch wird so oder so sterben! Vielleicht nicht durch einen Roboter. Vielleicht nicht in einem Raumschiff. Ich lasse mir noch etwas einfallen. Bilden Sie sich nicht ein, Sie hätten ihn schon gerettet, Erdmann! Mir wird noch eine amüsantere Art einfallen, ihn vom Leben zum Tode zu befördern. Ich habe eine sehr lebhafte Phantasie!«

»Ich verlange, als Kriegsgefangener behandelt zu werden«, sagte Lucky.

»Hier ist kein Krieg!« schrie Devoure. »Er ist ein Spion und hat den Tod verdient. Außerdem ist er ein Robotermörder. Er hat zweimal die Todesstrafe verdient.« Plötzlich zitterte seine Stimme. »Er hat die Hand gegen mich erhoben. Er verdient ein Dutzendmal den Tod!«

»Ich bin bereit, meinen Freund freizukaufen«, flüsterte Lucky.

»Ich gebe ihn nicht frei.«

»Aber ich kann einen sehr hohen Preis für ihn zahlen.«

»Wie denn?« Devoure grinste grausam. »Durch einen Zeugenauftritt bei der Konferenz gemäß unserem Vorschlag? Dazu ist es zu spät. Das genügt nicht.«

»Es stand sowieso nie zur Debatte«, erklärte Lucky. »Ich werde nie zum Nachteil der Erde eine falsche Aussage machen. Aber ich könnte die Wahrheit aussagen. Eine Wahrheit die sie nicht kennen.«

»Laß dich nicht auf einen Handel mit ihm ein, Lucky!« warnte Bigman.

»Der Affe hat ausnahmsweise recht«, sagte Devoure. »Ich lasse nicht mit mir handeln. Es gibt nichts, womit Sie ihn freikaufen können. Ich würde ihn nicht für die ganze Erde freilassen!«

Yonge unterbrach ihn streng. »Das ist er doch nicht wert! Lassen Sie den Ratsmann sprechen! Vielleicht gibt er uns wichtige Informationen, die wert sind, ihnen das Leben zu schenken.«

»Legen Sie sich nicht mit mir an!« drohte Devoure. »Sie stehen unter Arrest!«

Aber Yonge ließ sich nicht beirren. Er packte einen Stuhl und ließ ihn mit Gepolter fallen. »Ich bestreite Ihnen das Recht, mich unter Arrest zu stellen. Ich bin Syndikatsmann. Sie haben keine Verfügungsgewalt über mich. Und Sie werden es auch nicht wagen, und wenn ich mich noch so sehr mit Ihnen anlege. Sie können mich nur vor Gericht bringen. Und dort würde ich allerhand zur Sprache bringen.«

»Was denn zum Beispiel?« erkundigte sich Devoure voll Verachtung.

Und nun gab es kein Halten mehr. Der ältere Syndikatsmann machte aus seiner tiefen Abneigung gegen den jungen Aristokraten kein Hehl. »Zum Beispiel die eben erlebten Vorgänge. Wie ein knapp anderthalb Meter großer Terraner Sie windelweich schlug, bis Sie um Hilfe schrien. Wie Zayon sich dazwischenwerfen mußte, um Ihre Haut zu retten. Zayon ist mein Zeuge. Und jeder einzelne im Stützpunkt wird sich daran erinnern, daß Sie Tage lang Ihr Gesicht nicht in der Öffentlichkeit zeigten – oder haben Sie den Nerv, sich in diesem Zustand blicken zu lassen?«

»Ruhe!«

»Ruhe? Ja, ich werde ruhig sein, wenn Sie endlich aufhören, Ihre persönlichen Haßgefühle über das Wohl des Sirius zu stellen! Hören Sie, was uns der Ratsmann zu sagen hat!« Er wandte sich an Lucky: »Ich garantiere Ihnen ein faires Abkommen.«

Bigman fuhr in die Höhe. »Wie wollen Sie denn ein faires Abkommen garantieren? Sie und Zayon werden eines schönen Morgens aufwachen und feststellen, daß Sie bereits tot sind. Devoure wird über Ihren Tod sein herzlichstes Bedauern aussprechen und zentnerweise Blumen spenden. Aber dann gibt es keinen Zeugen mehr dafür, daß er sich hinter seinen Robotern verstecken muß, wenn ein Marsmann ihn an den stinkenden Kragen geht! Dann kann er mit uns verfahren, wie er will. Wozu also ein Abkommen treffen?«

»Dazu wird es ganz bestimmt nicht kommen«, widersprach Yonge in steifer Haltung. »Denn in der nächsten Stunde werde ich die ganze Geschichte im Gehirn eines bestimmten Roboters speichern. Devoure weiß nicht, bei welchem Roboter, und er wird es auch nie erfahren. Wenn nur einer von uns beiden, Zayon oder ich, auf gewaltsame Art zu Tode kommen sollte, wird die Geschichte unverzüglich auf dem öffentlichen Subätherkanal allen Sirianern bekanntgemacht werden. Ich möchte eher annehmen, daß Devoure von nun an um Zayons und mein Leben äußerst besorgt sein wird, damit die Geschichte für immer begraben bleibt.«

Zayon schüttelte den Kopf. »Das gefällt mir nicht, Yonge.«

»Es bleibt uns nichts anderes übrig, Zayon. Sie waren Zeuge der schmählichen, schimpflichen Prügel, die ihm dieses kleine Wesen verabfolgte. Und da bilden Sie sich noch ein, er werde Sie ungeschoren lassen, wenn Sie keine Gegenmaßnahmen treffen? Hören Sie, ich habe es satt, die Ehre des Syndikats durch den Neffen des Direktors besudeln zu lassen!«

Zayon sah unglücklich drein. »Nun gut. Dann aber heraus mit Ihrer Information, Ratsmann Starr!«

Mit leiser Stimme antwortete Lucky: »Es handelt sich um mehr als Informationen. Es handelt sich um eine Kapitulation. Es hält sich sich noch ein zweiter Ratsmann auf dem Gebiet auf, das Sie als sirianisch bezeichnen. Wenn Sie sich bereit erklären, meinen Freund als Kriegsgefangenen zu behandeln, den Zwischenfall mit den Robotern zu vergessen und seine Sicherheit zu gewährleisten, werde ich Sie zu diesem Ratsmann selber hinführen.«

XIII

EHRLOS!

Bis zuletzt hatte Bigman geglaubt, Lucky verfolge einen raffinierten Plan. Jetzt war er wie vom Donner gerührt. »Nein, Lucky!« protestierte er in einem Ton, der ans Herz griff, »nein! Auf solche Art will ich nicht befreit werden!«

Devoure zeigte offen seine Verwunderung. »Wo? Das kann nicht sein. Kein Schiff kann unbemerkt unsere Verteidigungsräume durchbrechen. – Das ist gelogen!«

»Ich bringe Sie zu dem Mann«, sagte Lucky müde. »Vorausgesetzt, wir kommen zu einer Einigung.«

»Beim Weltall!« schrie Yonge. »Wir sind uns schon einig!«

»Moment!« unterbrach Devoure ärgerlich. »Zugegeben, die Sache könnte interessant für uns sein. Aber habe ich Starr richtig verstanden? Will er freiwillig bei der Konferenz von Vesta aussagen, daß dieser andere Ratsmann in unser Gebiet eingedrungen ist und daß er, Starr, uns aus freien Stücken zu seinem Versteck führte?«

»Das werde ich aussagen. Denn es ist die Wahrheit!«

»Geben Sie Ihr Ehrenwort als Ratsmann?« fragte Devoure lauernd.

»Ich versprach, daß ich aussagen werde.«

»Na gut«, sagte Devoure. »Da unsere Syndikatsmänner es so haben wollen, schenke ich Ihnen beiden dafür das Leben.« Doch plötzlich sprühten seine Augen wieder vor Wut. »Auf Mimas! Stimmt das, Ratsmann? Mimas?«

»Das ist richtig.«

»Beim Sirius!« Devoure war so erregt, daß er aufsprang. »Das hätten wir beinahe übersehen. Und auch das Syndikat kam nicht auf diese Idee.«

»Mimas?« fragte Zayon nachdenklich.

»Das Syndikat begreift es immer noch nicht«, sagte Devoure und sah ihn bösartig an. »Offensichtlich waren drei Männer an Bord der *Shooting Starr.* Drei landeten auf Mimas. Zwei traten den Weiterflug an. Also blieb einer zurück. Ich glaube, es war Ihr Bericht, Yonge, in dem Sie die Tatsache unterstrichen, daß Starr immer nur zu zweit arbeitet.«

»Das stimmte auch bisher«, verteidigte sich Yonge.

»Und auf den Gedanken, er könne einmal in Abänderung des gewohnten Schemas einen Dritten mitnehmen, sind Sie nicht gekommen! Wie engstirnig! Dann fliegen wir jetzt also zum Mimas?« Angesichts der neuen Entwicklung schien Devoure seinen besessenen Wunsch nach grausamer Rache vergessen zu haben. Nun fand er auch wieder zu dem überlegenen, ironischen Ton zurück, mit dem er die beiden Terraner bei der Landung begrüßt hatte. »Und Sie wollen uns das Vergnügen Ihrer Gesellschaft gewähren, Ratsmann?«

»Aber ja, Mr. Devoure«, sagte Lucky.

Bigman wandte das Gesicht ab. Er fühlte sich elender als in jenem fürchterlichen Augenblick, als die Metallglieder des Roboters sich nach ihm ausstreckten, um ihm die Knochen einzeln zu brechen.

Und wieder flog die *Shooting Starr* durch den Weltraum, aber nicht frei, sondern im magnetischen Schlepptau eines sirianischen Begleitschiffs, dessen Motoren Richtung und Geschwindigkeit bestimmten.

Der Flug von Titan zu Mimas dauerte fast zwei volle Tage. Eine harte Zeit für Lucky, voll bitterer Gedanken und nie nachlassender Hochspannung.

Er vermißte die Gegenwart Bigmans, den man von ihm getrennt und in das sirianische Schiff gesteckt hatte. Devoure hatte darauf hingewiesen, daß auf diese Weise jeder als Geisel für das Wohlverhalten des anderen bürgte.

Harrig Zayon, der sirianische Syndikatsmann, war es, der Lucky Gesellschaft leistete. Er wirkte steif und zugeknöpft. Er versuchte nicht noch einmal, Lucky Starr zum Übertritt auf die andere Seite zu bewegen. Lucky konnte der Versuchung nicht widerstehen, das Thema seinerseits wieder anzuschneiden. Er fragte ihn, ob Devoure in Zayons Augen ein Beispiel für die überlegene Menschenrasse sei, die auf den sirianischen Planeten wohne.

Widerwillig gab Zayon zur Antwort: »Devoure hatte nicht den Vorzug, beim Syndikat ausgebildet zu werden. Ihm fehlt vor allem Disziplin. Er läßt sich zu sehr von seinen Gefühlen beherrschen.«

»Ihr Kollege Yonge hat wohl noch viel mehr an ihm auszusetzen. Jedenfalls macht er kein Hehl daraus, daß er sehr wenig von Devoure hält.«

»Yonge ist der Vertreter eines extremen Flügels unter den Syndikatsmännern. Erinnern Sie sich an die Narbe auf seinem Unterarm! Sie stammt aus der Zeit der Unruhen, die den Aufstieg des jetzigen Direktors der Zentrale zur Macht begleiteten.«

»Devoures Onkel?«

»Ja. Das Syndikat stand auf der Seite des vorigen Direktors, und Yonge kämpfte ehrenhaft gemäß den ergangenen Befehlen. Das neue Regime hat ihm diese Haltung nie vergessen und ihn bei jeder Beförderung übergangen. Und wenn sie ihn schon mal für das Komitee auswählen, das den Sirius auf Vesta vertreten soll, so sorgen Sie doch dafür, daß er nur ein Befehlsempfänger Devoures ist.«

»Des Direktors Neffe.«

»Ja. Und Yonge begehrt innerlich dagegen auf. Er will nicht einsehen, daß das Syndikat ein Organ des Staates ist, eine unpolitische Einheit. Das Syndikat erfüllt seine Aufgabe, ohne sich darum zu kümmern, welche Persönlichkeit oder Gruppe an der Regierung ist. In jeder anderen Hinsicht ist Yonge aber ein ausgezeichneter Syndikatsmann.«

»Sie haben mir immer noch nicht die Frage beantwortet, ob Devoure in Ihren Augen ein würdiger Vertreter der sirianischen Elite ist.«

Zayon wurde etwas ärgerlich. »Wie steht es denn bei Ihnen auf der Erde? Haben Sie nie unfähige oder gar böswillige Herrscher an Ihrer Spitze gehabt?«

»Mehr als genug«, gab Lucky zu. »Aber wir Erdmenschen sind ein ziemlich zusammengewürfelter Haufen. Bei uns gibt es Menschen jeder Art. Kein Herrscher hält sich lange bei uns, wenn er nicht Kompromisse schließt. Kompromißfreudige Herrscher sind vielleicht nicht gerade die dynamischsten, aber sie werden auch nie zu Tyrannen. Auf Sirius hat sich eine einheitliche Rasse entwickelt. Daher kann ein Herrscher dort bis zum Äußersten gehen. Diktatur und gewaltsame politische Umstürze gehören bei uns zu den seltenen Ausnahmen. Bei Ihnen sind sie die Regel.«

Zayon seufzte. Es vergingen viele Stunden, ehe er wieder das Wort an Lucky richtete. Da beherrschte Mimas schon den Bildschirm, und sie setzten als Vorbereitung zur Landung die Geschwindigkeit herab.

Plötzlich fragte Zayon: »Sagen Sie mir's ehrlich, Ratsmann! Ist das Ganze hier ein Trick von Ihnen?«

Luckys Magenmuskeln zogen sich zusammen, aber er stellte ruhig die Gegenfrage: »Was meinen Sie mit Trick?«

»Ist wirklich ein Ratsmann auf Mimas versteckt?«

»Ja! Was haben Sie denn erwartet? Daß ich auf Mimas ein

geheimes Kraftfeld installiert habe? Ein Kraftfeld, das uns bei der Landung alle in winzige Stücke zerplatzen läßt?«

»Irgend etwas in dieser Art.«

»Und was würde ich dabei gewinnen? Durch die Zerstörung eines einzigen sirianischen Schiffes und vielleicht eines Dutzends Sirianer?«

»Sie hätten Ihre Ehre gerettet.«

Lucky zuckte die Achseln. »Mir geht es um den Handel, den ich abgeschlossen habe. Ja, wir haben dort unten wirklich einen Ratsmann sitzen. Ich werde ihn aufsuchen und herausholen. Er wird keinen Widerstand leisten.«

Zayon nickte. »Sehr schön. Ich finde es im nachhinein auch besser, daß Sie Erdmensch bleiben wollten. Sie hätten doch keinen guten Sirianer abgegeben.«

Lucky zwang sich ein bitteres Lächeln ab. Das also war der Grund für Zayons schlechte Laune! Das war so typisch für den steifnackigen Syndikatsmann! Luckys Verhalten widersprach seinen starren Begriffen von Ehre. Und es versöhnte ihn nicht einmal die Tatsache, daß der Sirius Vorteile daraus zog.

*

Im Zentralhafen von International City auf der Erde.

Hector Conway, der Vorsitzende des Wissenschaftsrates, wartete auf den Abflug nach Vesta. Seit die *Shooting Starr* in den Schatten von Hidalgo eingetaucht war, hatte er nichts mehr von Lucky gehört. Jedenfalls nicht direkt.

Die Botschaft, die Captain Bernold in einer Kapsel überbracht hatte, war kurz und bündig gewesen typisch für Luckys gesunden Menschenverstand und seine klare Einschätzung der Lage. Sein Vorschlag, die Einberufung einer interstellaren Konferenz, war wirklich der einzige Ausweg. Der Präsident hatte das sofort eingesehen. Und als einige Kabinettsmitglieder sich widersetzten, waren sie überstimmt worden.

Sogar Sirius griff den Vorschlag begierig auf. Auch das hatte Lucky vorausgesagt. Die Konferenz entsprach offenbar genau den sirianischen Wünschen. Denn sie würde mit Sicherheit für die Erde ein Fehlschlag werden und einen Krieg nach sich ziehen, bei dem Sirius die äußere Welt auf seiner Seite hatte. Die Gegner schienen nun mal die besseren Karten in der Hand zu haben.

Daraus entstand die bittere Notwendigkeit, alles nach Möglichkeit vor der eigenen Bevölkerung geheimzuhalten. Wären die Einzelheiten haarklein als Nachricht über den Subäther gegangen, so hätte ein Sturm nationaler Entrüstung die Regierung unweigerlich zur Kriegserklärung an die gesamte übrige Galaxis gezwungen. Das Bekanntwerden der Konferenz hätte die Sache noch schlimmer gemacht. Man hätte ihr Zustandekommen als einen feigen Kniefall vor den Sirianern gedeutet.

Aber völlige Geheimhaltung war natürlich unmöglich. Schon jetzt reagierte die Presse auf die nichtssagenden offiziellen Regierungsverlautbarungen verärgert und aufsässig. Es wurde schlimmer mit jedem Tag.

Bis zum Konferenzbeginn mußte der Präsident sie irgendwie hinhalten. Aber nach einem Fehlschlag würde eine Lage entstehen, mit der verglichen die jetzige noch Gold war.

Empörung würde herrschen. Der Krieg wäre unausweichlich. Der Wissenschaftsrat hätte jeden Kredit eingebüßt und würde aufgelöst werden. Mit ihm würde die Erdföderation ihre stärkste Waffe gerade in dem Moment einbüßen, wo sie ihrer am meisten bedurfte.

Seit Wochen fand Hector Conway nur noch mit Hilfe von Tabletten Schlaf. Zum erstenmal in seiner Laufbahn dachte er ernsthaft an Rücktritt.

Er erhob sich nicht ohne Mühe und begab sich auf den Weg zum Schiff, das gerade startklar gemacht wurde. In einer Woche würde er auf Vesta sein und vorbereitende Gespräche mit Doremo führen. Dieser alte Staatsmann mit den roten Augen würde bei der Schlußabstimmung den Ausschlag geben. Daran gab es keinen Zweifel. Gerade die militärische Schwäche seiner kleinen Welt verlieh ihm politische Macht. Wenn es in der Galaxis eine ehrenhafte und völlig neutrale Persönlichkeit von Rang und Namen gab, so kam er dieser Vorstellung am nächsten. Sogar die Sirianer würden auf ihn hören.

Wenn er nur vor Konferenzbeginn Conway sein Ohr leihen würde ...

Conway war so in seine Gedanken vertieft, daß er fast mit dem Mann zusammengeprallt wäre, der auf ihn zugetreten war.

»He, was ist denn?« meinte Conway erschrocken.

Der Mann berührte kurz seine Hutkrempe. »Jan Dieppe vom Trans-Subäther, Chef. Darf ich Ihnen ein paar Fragen stellen?«

»Nein, nein. Ich will gerade an Bord gehen.«

»Weiß ich, Sir. Deshalb habe ich Sie ja hier angesprochen. Ist doch die letzte Gelegenheit für ein Interview. Sie fliegen natürlich nach Vesta?«

»Ja, natürlich.«

»Um schärfstens gegen die Übergriffe im Saturnsystem zu protestieren?«

»Wie bitte?«

»Was erwarten Sie von den Teilnehmern der Konferenz, Chef? Glauben Sie, daß Sirius Wahlentscheidungen und Beschlüsse respektieren wird?«

»Ja, das glaube ich durchaus.«

»Glauben Sie, daß eine Abstimmung zuungunsten des Sirius verlaufen wird?«

»Ganz gewiß. Gestatten Sie jetzt, ich muß an Bord!«

»Entschuldigung, Sir, aber da gibt es noch eine äußerst wichtige Angelegenheit, über die die Völker der Erde unterrichtet werden müssen.«

»Bitte! Sie brauchen mir nicht zu erklären, worüber die Völker der Erde unterrichtet werden müssen. Ich versichere Ihnen, daß mir das wohl der Völker am Herzen liegt.«

»Und trotzdem will der Wissenschaftsrat fremden Regierunge gestatten, durch ihre Stimmabgabe zu entscheiden, ob das Hoheitsgebiet der Terranischen Föderation verletzt worden ist oder nicht? Ist diese Frage nicht eigentlich allein von uns zu entscheiden?«

Der Reporter war zwar hartnäckig, stellte seine Fragen aber in durchaus höflichem Ton. Dennoch hörte Conway den drohenden Unterton heraus. Über die Schulter des anderen sah er den Außenminister. Er stand etwas näher beim Schiff und sprach zu einer Gruppe von Journalisten.

»Worauf wollen Sie hinaus?« fragte Conway.

»Es tut mir leid, Chef, aber ich fürchte, die Öffentlichkeit beginnt am guten Willen des Rates zu zweifeln. Und weil wir gerade dabei sind, Trans-Subäther hat soeben eine Rundfunkmeldung des Sirius aufgefangen. Bevor wir sie veröffentlichen, möchten wir Ihren Kommentar dazu hören.«

»Kein Kommentar! Wie käme ich dazu, eine Rundfunkmeldung des Sirius, die für seine eigenen Hörer bestimmt ist, zu kommentieren?«

»Die Meldung war ziemlich umfassend. Wo hält sich zum Beispiel Ratsmann David Starr, der legendäre Lucky, auf? Na, wo ist er?«

»Was?«

»Na, sagen Sie es schon, Chef! Ich weiß, die Agenten des Rates scheuen jede Publicity, aber stimmt es, daß Ratsmann Starr in geheimer Mission zum Saturn entsandt wurde?«

»Wenn es so wäre, junger Mann, glauben Sie wirklich, daß ich mich dazu äußern würde?«

»Ja, weil der Sirius sich bereits dazu geäußert hat! Ihnen blieb die geheime Mission nicht verborgen. Sie teilten mit, daß Lucky Starr beim Eindringen in das sirianische Saturnsystem gefangengenommen wurde. Trifft das zu?«

Conway blieb zugeknöpft. »Der augenblickliche Aufenthaltsort des Ratsmanns Starr ist mir nicht bekannt.«

»Ist das so zu verstehen, daß er im Saturnsystem sein könnte?«

»Es ist so zu verstehen, daß ich seinen derzeitigen Aufenthaltsort nicht kenne.«

Der Reporter rümpfte die Nase. »All right. Wenn Sie es als Vorsitzender des Wissenschaftsrats für gut und richtig halten, jede Kenntnis über den Aufenthaltsort eines ihrer wichtigsten Agenten abzuleugnen, so ist das Ihre Sache. Aber die allgemeine Stimmung richtet sich in steigendem Maße gegen den Rat. Die Kritik reibt sich besonders an der Unfähigkeit des Rates, die Invasion des Saturn durch den Sirius zu verhindern. Und es herrscht allgemeine Empörung darüber, daß der Rat jede Verantwortung in dieser Angelegenheit ablehnt, nur um seine politischen Posten zu retten.«

»Jetzt werden Sie beleidigend. Guten Tag, Sir.«

»Die Sirianer behaupten mit großem Nachdruck, Lucky Starr im Saturnsystem gefangengenommen zu haben. Wollen Sie dazu einen Kommentar abgeben?«

»Nein. Lassen Sie mich durch!«

»Weiterhin kündigen die Sirianer einen Auftritt Lucky Starrs bei der Konferenz an.«

»Ach ja?« Jetzt konnte Conway sein aufflackerndes Interesse nicht ganz verhehlen.

»Ah, da horchen Sie auf, Chef! Das Unangenehme an dieser Nachricht ist nur, daß er nach Mitteilung der Sirius-Seite zu ihren Gunsten aussagen will.«

»Das«, sagte Conway mit Mühe, »wird sich noch herausstellen.«

»Geben Sie zu, daß er zur Konferenz kommen wird?«

»Darüber weiß ich nichts.«

Der Reporter gab ihm den Weg frei. »All right, Chef. Allerdings verbreiten die Sirianer darüber hinaus, Starr habe ihnen bereits wertvolles Material übergeben, auf Grund dessen sie eine Verurteilung der Erde als Aggressor erreichen würden. Ich frage mich: was tut der Rat eigentlich? Arbeitet er für uns oder gegen uns?«

Conway hielt es nicht länger aus. Er murmelte nochmals: »Kein Kommentar« und setzte sich in Bewegung.

Der Reporter rief ihm nach: »Starr ist doch ihr Adoptivsohn, nicht wahr, Chef?«

Conway stoppte und wandte sich halb um. Aber nur für eine Sekunde. Dann schritt er wortlos weiter.

Was sollte er dazu sagen? Was konnte er sagen? Vor ihm lag eine interstellare Konferenz, die für die Zukunft der Erde bedeutungsvoller war als jedes Treffen von Staatsmännern zuvor. Und fast alle Vorteile lagen beim Sirius. Unerträglich groß erschien die furchtbare Möglichkeit, daß in der Folge alles zerbrechen würde: der Friede, der Wissenschaftsrat, ja, sogar die Terranische Föderation.

Die letzte schwache Hoffnung ruhte auf Lucky.

Ein Gedanke deprimierte Conway mehr als alles andere, mehr als die Aussicht auf einen verlorenen Krieg. Denn wenn die Sirianer recht behielten und die Konferenz einen anderen Verlauf nahm als den von Lucky beabsichtigten, dann würde Lucky obendrein als der größte Verräter der Erde in die Geschichte eingehen! Und nur sehr wenige würden es besser wissen ...

XIV

AUF VESTA

Außenminister Lamont Finney war ein Karrierepolitiker, der mehr als 15 Jahre der gesetzgebenden Versammlung angehört hatte und nie besonders freundschaftliche Beziehungen zu dem Wissenschaftsrat gepflegt hatte. Er war schon recht betagt. Seine Gesundheit ließ zu wünschen übrig. In letzter Zeit neigte er zum Nörgeln.

Offiziell führte er die Delegation der Erde auf Vesta an. Doch Conway war sich klar darüber, daß im Falle eines Fehlschlags er als Vorsitzender des Rates die volle Verantwortung übernehmen mußte.

Noch bevor ihr Schiff, eins der größten Raumpassagierschiffe der Erde, abhob, bezog Finney ausdrücklich diesen Standpunkt.

Er bemerkte nämlich: »Die Presse ist kaum noch zu kontrollieren. Conway, Sie gehen einen schweren Gang.«

»Nicht ich, sondern die ganze Erde.«

»Nein, Sie, Conway.«

»Nun, ich mache mir keine Illusionen«, sagte Conway düster. »Wenn die Sache schlecht ausgeht, kann der Rat wohl keine Unterstützung von Regierungsseite erwarten.«

»Ich fürchte, Sie haben recht.« Mit peinlicher Sorgfalt schnallte sich der Außenminister für den Start an und vergewisserte sich, daß seine Tabletten gegen die Raumkrankheit in Reichweite waren. »Eine Regierung, die sich in diesem Fall hinter Sie stellte, würde unweigerlich gestürzt werden. Und in Zeiten drohender Kriegsgefahr können wir uns keine politische Schwäche leisten.«

Er fährt ohne jede Hoffnung zur Konferenz, dachte Conway. *Er hat sich schon mit dem Kriegsausbruch abgefunden.*

Laut sagte er: »Hören Sie, Finney, wenn der schlimmste Fall eintritt, benötige ich einige angesehene Stimmen, die einen Rufmord an Ratsmann Starr verhind ...«

»Unmöglich!« Finney hob den grauen Kopf für einen Augenblick von dem hydraulischen Kissen und sah den anderen aus sorgenvollen, blassen Augen an. »Ihr Ratsmann flog auf eigene Faust ins Saturnsystem. Ohne Zustimmung der Behörden, ohne entsprechende Befehle. Er übernahm das gesamte Risiko freiwillig. Wenn die Sache in die Hosen geht, ist er erledigt. Wie könnten wir anders handeln?«

»Aber Sie wissen doch, daß er ...«

»Nichts weiß ich«, unterbrach ihn der Politiker heftig. »Offiziell weiß ich gar nichts. Sie stehen lange genug im öffentlichen Leben, um zu wissen, daß das Volk in bestimmten Situationen jemand braucht, dem man alle Schuld am allgemeinen Mißgeschick in die Schuhe schieben kann. Und dieses Recht läßt es sich nicht nehmen. Ratsmann Starr wird für jedermann der Alleinschuldige sein.«

Er ließ den Kopf ins Kissen sinken und schloß die Augen. Auch Conway lehnte sich in die Polster. Andere Delegierte waren im Schiff verteilt. Das ferne Donnern der Maschinen nahm an Lautstärke zu und wurde zu einem schrillen Getöse, als das Schiff von der Startrampe abhob und in den Himmel stieg.

*

In 1500 Kilometer Entfernung von Vesta ließ sich die *Shooting Starr* von der geringen Anziehungskraft des Asteroiden einfangen und umkreiste ihn langsam mit gestoppten Motoren. Sie war mit einem kleinen Rettungsboot des sirianischen Mutterschiffs verbunden.

Syndikatsmann Zayon befand sich nicht mehr an Bord. Er war inzwischen zu der sirianischen Konferenzdelegation umgestiegen. Seinen Platz nahm jetzt ein Roboter ein. Im Rettungsboot befanden sich Bigman und Syndikatsmann Yonge.

Erstaunt hatte Lucky aufgeblickt, als Yonges Gesicht zum erstenmal auf dem Übermittlerschirm auftauchte. »Was machen Sie denn im Weltraum? Ist Bigman bei Ihnen?«

»Ja. Ich bewache ihn. Sie haben wohl einen Roboter erwartet!«

»Ja, allerdings. Oder traut man sich nicht, Bigman mit einem Roboter allein zu lassen?«

»Nein, das ist nur ein Vorwand Devoures, mich von der Konferenz fernzuhalten. Eine Beleidigung des Syndikats!«

»Syndikatsmann Zayon wird teilnehmen«, sagte Lucky.

»Zayon!« Yonge schnüffelte. »Er ist ein tüchtiger Mann, aber ein Jasager. Er begreift nicht, daß mehr zum Syndikatsmann gehört, als blind den Befehlen der Vorgesetzten zu gehorchen. Wir sind berufen, darüber zu wachen, daß Sirius nach den unveräußerlichen Grundsätzen der Ehre regiert wird, die das Syndikat stark gemacht haben.«

»Wie geht es Bigman?« erkundigte sich Lucky.

»Einigermaßen. Glücklich ist er nicht. Seltsam, daß so eine sonderbare Figur mehr Pflichtbewußtsein und Ehre im Leibe hat als ein Mensch wie Sie.«

Lucky preßte die Lippen aufeinander. Er hatte nicht mehr viel Zeit. Jedesmal wenn einer der beiden Syndikatsmänner über Luckys verlorene Ehre nachzudenken begann, bekam er das kalte Grausen. Wie leicht konnten sie bei intensivem Nachdenken auf die Idee kommen, daß Lucky in Wirklichkeit seinen Ehrenschild rein erhalten hatte. Dann würden sie unweigerlich über seine wahren Absichten nachgrübeln, und dann ...

Yonge zuckte die Achseln. »Na ja, ich habe nur angerufen, um mich zu überzeugen, daß alles klargeht. Ich bin nämlich für Ihr Wohlergehen verantwortlich, bis Sie im Konferenzsaal eintreffen.«

»Warten Sie, Syndikatsmann! Sie haben mir auf Titan einen Dienst erwiesen ...«

»Ich habe nichts für *Sie* getan. Ich tat nur meine Pflicht.«

»Nichtsdestoweniger haben Sie Bigman das Leben gerettet, und mir vielleicht auch. Wenn die Konferenz vorbei ist, kann es sein, daß Sie selber Ihr Leben bedroht sehen werden.«

»Ich? Mein Leben?«

Lucky wählte seine Worte mit Bedacht. »Wenn ich meine Aussage gemacht habe, kann es verschiedene Gründe für Devoure geben, sich Ihrer zu entledigen. Selbst auf die Gefahr hin, daß seine schmähliche Niederlage gegen Bigman dann überall auf den Siriusplaneten bekannt wird.«

Yonge lachte nur bitter. »Er ließ sich auf der ganzen Reise nicht einmal blicken. Er tat keinen Schritt aus seiner Kabine. Er wartete nämlich ab, daß seine Wunden heilten. Nein, mir kann nichts passieren!«

»Wie dem auch immer sei, sobald Sie sich bedroht fühlen sollten, wenden Sie sich an Hector Conway, den Vorsitzenden des Wissenschaftsrates! Er wird Ihnen politisches Asyl gewähren – mein Wort darauf!«

»Ich nehme zu Ihren Gunsten an, daß Sie es gut mit mir meinen«, erwiderte Yonge. »Aber wenn diese Konferenz vorüber ist, wird es Conway sein, der uns um politisches Asyl bittet!« Und damit beendete Yonge das Gespräch.

Trübsinnig starrte Lucky auf die schimmernde Vesta. Wie die Dinge standen, hatte Yonges Voraussage die weit größere Wahrscheinlichkeit für sich.

*

Vesta gehörte zur Gruppe der größten Asteroiden. Nicht so groß wie Ceres, der mehr als 800 Kilometer Durchmesser hatte und ein Riese unter den Asteroiden war. Mit ihren 344 Kilometern Durchmesser gehörte sie wie Pallas und Juno zur zweiten Größenklasse.

Für den Beobachter auf der Erde war Vesta der hellste Asteroid. Das kam daher, weil ihre Kruste größtenteils aus Kalziumkarbonat bestand. Die anderen Asteroiden waren aus dunkleren Silikaten und oxidierten Metallen zusammengesetzt.

Die Gelehrten waren sich noch nicht einig, wie es zu dieser merkwürdigen Abweichung gekommen war. Vor der ersten Landung hatten die Astronomen angenommen, Vesta sei von einem Eismantel oder von gefrorenem Kohlenstoffdioxyd bedeckt. Die Journalisten hatten die schöne Bezeichnung »Marmorwelt« erfunden.

In den Anfangstagen des Kampfes mit den Weltraumpiraten des Asteroidengürtels wurde die »Marmorwelt« in einen Militärstützpunkt umgebaut. Die Naturhöhlen unter der Oberfläche wurden vergrößert und luftdicht abgeschlossen. So schaffte man Platz für eine ganze Schiffsflotte und Ausrüstung für zwei volle Jahre.

Der Stützpunkt bestand nicht mehr. Aber durch geringe Umbauten hatte man ihn in einen geeigneten Konferenzort für die Delegierten der gesamten Galaxis verwandelt.

Die Wasserversorgung war gesichert. Lebensmittel wurden eingeflogen – in Hülle und Fülle. Die neu hergerichteten Räume erstrahlten in einem Luxus, von dem die Soldaten früherer Zeiten nicht zu träumen gewagt hätten. Nach dem Passieren der marmorähnlichen Oberfläche gelangte man im Inneren des Asteroiden in eine Umgebung, wie sie die besten Hotels der Erde kaum bieten konnten.

Die Delegierten der Erdföderation waren Gastgeber. Vesta lag deutlich auf dem Gebiet der Erde. Das wurde nicht einmal von den Sirianern bestritten. Man hatte allen Teilnehmern Quartiere zugewiesen, die ihren heimatlichen Wetter- und Schwerkraftbedingungen angepaßt waren. Zum Beispiel sorgte die Klimaanlage dafür, daß die Delegierten von Warren in ihren Zimmern die kühlen Temperaturen ihres Heimatplaneten wiederfanden.

Es war kein Zufall, daß man sich um die Delegation von Elam am meisten Mühe gemacht hatte. Elam war ein kleiner Planet, der sich um einen roten Zwergstern drehte. Seine Lebensbedingungen waren extrem lebensfeindlich.

Elam erhielt so wenig Licht von seiner Zwergsonne, daß dort kaum Pflanzen gedeihen konnten. Seine Bewohner züchteten bei künstlichem Licht neue Pflanzensorten. Der Erfolg gab ihnen recht. Ihr Getreide und ihr Gemüse waren den Erzeugnissen der übrigen Galaxis nicht nur gleichwertig, sondern übertrafen sie an Qualität. Der Überschuß aus einem starken Agrarexport schuf einen Wohlstand, den andere von der Natur weit mehr begünstigte Welten nie erreichten.

Wegen der geringen Leuchtkraft der Sonne von Elam fehlte es den dortigen Einwohnern vollständig an Pigmenten; ihre Haut war fast völlig weiß.

Der Leiter ihrer Delegation zum Beispiel war ein fast reiner Albino. Er hieß Agas Doremo und war seit mehr als 30 Jahren anerkannter Führer der neutralistischen Kräfte in der Galaxis. In jeder Streitfrage, die zwischen Erde und Sirius, den beiden feindlichsten Gruppen der Milchstraße, entstand, wirkte er nach Kräften ausgleichend.

Auch jetzt rechnete Conway auf Doremos Fähigkeiten als Vermittler. Als er das Quartier der Elamiten betrat, trug er Sorge dafür, daß alles die Anzeichen eines Freundschaftsbesuches trug. Er reichte jedem die Hand, vermied aber klug jegliche aufdringlichen Sympathiebeteuerungen. Angestrengt blinzelte er in dem ungewohnt trüben, rotstichigen Licht und nahm ein Glas mit Elam-Gebräu entgegen.

Doremo eröffnete das Gespräch. »Ihr Haar ist weiß geworden – fast so weiß wie meins.«

»Unsere letzte Begegnung liegt viele Jahre zurück, Doremo.«

»Es ist also nicht erst in den letzten Monaten weiß geworden?«

Conway lächelte wie ein ertappter Schüler. »Es war schon vorher weiß, aber sonst haben Sie recht.«

Doremo nickte und trank einen Schluck. »Die Erde hat sich in eine kritische Situation drängen lassen.«

»So ist es. Wir stehen mit dem Rücken zur Wand. Und doch ist nach allen Regeln und Gesetzen das Recht auf unserer Seite.«

»Ja?« Doremo gab nicht zu erkennen, ob er Conway glaubte oder nicht.

»Ich weiß nicht, wieviel Ihrer wertvollen Zeit Sie der Streitfrage gewidmet haben ...«

»Beträchtlich viel Zeit.«

»... oder ob Sie bereit sind, Vorverhandlungen mit mir zu führen ...«

»Warum nicht? Die Sirianer sind ja auch schon an mich herangetreten.«

»Ach ja? Schon?«

»Auf dem Herflug machte ich eine Zwischenlandung auf Titan.« Doremo neigte den Kopf hin und her. »Sie haben dort wirklich eine wunderschöne Kolonie gegründet. Zuerst merkte ich es nicht. Dieses schreckliche Blaulicht vom Sirius hinderte mich, die ganze Schönheit zu erfassen, bis sie mir dunkle Sonnengläser gaben. Das müssen Sie zugeben, Conway, wenn sie etwas tun, dann hat es Klasse.«

»Sind Sie zu dem Schluß gekommen, daß die Sirianer das Recht haben, Saturn zu kolonisieren?«

»Mein lieber Conway«, sagte Doremo, »ich bin einzig und allein zu dem Schluß gekommen, daß ich Frieden haben will. Krieg ruiniert uns alle. Aber natürlich ist eins unabänderlich: Die Sirianer haben das Saturnsystem besetzt. Wie kann man sie ohne Krieg wieder hinausbefördern?«

»Es gibt eine Möglichkeit«, sagte Conway. »Wenn alle anderen Außenwelten Sirius als Aggressor brandmarken, würde er gegen die gesamte Galaxis auf verlorenem Posten stehen.«

»Aber wie soll man die Außenwelten dazu bringen, gegen Sirius zu stimmen?« fragte Doremo. »Seien Sie nicht böse, aber die meisten hegen ein traditionelles Mißtrauen gegen die Erde. Und sie werden natürlich zu dem Schluß kommen, daß Saturn noch nicht kolonisiert war.«

»Dem muß ich aber die Hegel-Doktrin entgegenhalten. Seitdem die Außenwelt von der Erde Freiheit und Unabhängigkeit erhielt, herrschte allgemeines Einverständnis darüber, daß als kleinste unabhängige Einheit ein Sonnensystem gilt. Ein unbewohntes Planetensystem ist unantastbar, wenn das dazugehörige Sonnensystem bereits bewohnt ist.«

»Da stimme ich Ihnen zu. Das galt bisher als stillschweigendes Übereinkommen. Aber es wurde noch nie durch einen konkreten Fall auf seine Stichhaltigkeit überprüft.«

Conway dämpfte seine Stimme. »Halten Sie es für klug, das Übereinkommen auszulöschen? Soll man einen neuen Grundsatz anerkennen, wonach es rechtens ist, jedweden unbewohnten Planeten oder Planetoiden zu besetzen?«

»Nein«, sagte Doremo mit Nachdruck. »Davon halte ich nichts. Meiner Ansicht nach liegt es im allgemeinen Interesse, daß ein Sonnensystem als unteilbar gilt. Aber ...«

»Aber was?«

»Diese Konferenz wird emotionell von einer Strömung beherrscht werden, die den Delegierten wenig Raum für logische Folgerungen erlaubt. Wenn ich der Erdföderation einen Rat geben darf ...«

»Tun Sie es! Inoffiziell! Er wird in keinen Kommuniqué erscheinen.«

»Ich nehme an, daß Sie bei der Konferenz keine Unterstützung finden werden. Überlassen Sie also vorläufig Saturn dem Sirius! Irgendwann werden die Sirianer übermütig werden – und dann werden Sie eine neue Konferenz einberufen, bei der Sie die besseren Chancen haben!«

Conway schüttelte den Kopf. »Unmöglich! Wenn wir diesmal scheitern, werden wir fortan stets alle gegen uns haben. Schon jetzt neigt sich die Waage der Meinungen zu unseren Ungunsten.«

Doremo zuckte die Achseln. »Vorurteile auf beiden Seiten! Das stimmt mich äußerst pessimistisch.«

Conway machte einen letzten Versuch. »Wenn Sie selber der Ansicht sind, daß Sirius auf Saturn nichts zu suchen hat, warum können Sie dann nicht die anderen davon überzeugen? Sie sind ein Mann, dessen Wort in der Galaxis Gewicht hat. Ich möchte auf keinen Fall, daß Sie gegen Ihre eigene Überzeugung stimmen. Aber denken Sie daran: Ihre Entscheidung ist das Zünglein an der Waage zwischen Krieg und Frieden.«

Doremo stellte sein Glas ab und tupfte sich die Lippen mit der Serviette. »Genau das wäre mein Ziel, Conway. Aber bei dieser Konferenz wage ich es nicht anzusteuern. Sirius genießt alle Sympathien. Und ausgerechnet Elam sollte sich gegen ihn stellen? Wir sind nur eine kleine Welt ... übrigens, Conway, Sie haben eine Friedenskonferenz einberufen. Warum haben Sie zur selben Zeit Kriegsschiffe ins Saturnsystem entsandt?«

»Ist das die Version der Sirianer, Doremo?«

»Ja. Sie führten mir jede Menge Beweismaterial vor. Ich sah, wie ein gekapertes Erdschiff im Magnetgriff eines sirianischen Schiffs zur Vesta gebracht wurde. Und ich erfuhr, daß kein anderer als Lucky Starr an Bord war. Ein Mann, der sogar auf Elam ein Begriff ist. Nach meinen Informationen umkreist er zur Zeit Vesta und wartet darauf, als Zeuge aufgerufen zu werden.«

Conway nickte bedächtig.

»Falls Starr zugibt, daß er kriegsähnliche Handlungen gegen Sirius verübte, wird die Konferenz geschlossen für Sirius stimmen. Und er wird in diesem Sinne aussagen! Dafür sorgen die Sirianer schon. Sie haben, glaube ich, ein starkes Druckmittel in der Hand. Lucky Starr ist Ihr Adoptivsohn!«

»Sozusagen ja«, flüsterte Conway.

»Um so schlimmer. Sie werden behaupten, daß er ohne Genehmigung der Erdföderation handelte ...«

»So ist es«, sagte Conway. »Aber ich kann Ihnen jetzt noch nicht enthüllen, was ich vor der Konferenz dazu sagen werde.«

»Okay, es würde Ihnen doch keiner glauben, weil er Ihr Adoptivsohn ist. Die äußeren Welten werden in den gemeinsamen Schrei ausbrechen: ›Die Erde ist Aggressor!‹ Man wird sich die Mäuler zerreißen über das treulose Verhalten der Erde. Sirius wird die Affäre künstlich hochspielen, und ich kann das nicht verhindern. Nicht einmal ich kann zugunsten der Erde stimmen .... Die Erde muß diesmal nachgeben.«

Conway schüttelte den Kopf. »Niemals!«

»Dann kommt es zum Krieg«, sagt Doremo unendlich traurig. »Und dann, Conway steht die Erde allein gegen alle!«

XV

DIE KONFERENZ

Conway trank sein Glas leer, stand auf und reichte dem anderen mit melancholischem Gesichtsausdruck die Hand.

Danach sagte er: »Immerhin haben wir Luckys Zeugenaussage noch nicht gehört. Vielleicht wird sie gar nicht so katastrophal für uns ausfallen, wie Sie annehmen. Vielleicht wird sie sogar ganz harmlos sein. Würden Sie in diesem Falle für die Bewahrung des Friedens eintreten?«

Doremo zuckte die Achseln. »Sie greifen jetzt nach jedem Strohhalm. Aber ja, ja, in dem unwahrscheinlichen Falle, daß die Aussage Ihres Pflegesohns harmlos ausfällt, werde ich mein Bestes für den Frieden tun. Ich sagte Ihnen doch schon, daß ich im Grunde auf Ihrer Seite stehe.«

»Ich danke Ihnen, Sir.« Noch einmal reichten sie sich die Hand.

Doremo sah dem Ratsvorsitzenden nach und schüttelte traurig den Kopf. Draußen vor der Tür blieb Conway einen Augenblick stehen, um Luft zu schöpfen. Er hatte alles erreicht, was er hatte erreichen wollen. Wenn jetzt nur die Sirianer auch wirklich Lucky zur Zeugenaussage vorführten!

*

Wie erwartet, begann die Konferenz in einer steifen und förmlichen Atmosphäre. Jeder benahm sich peinlich korrekt. Als die Delegation der Erde den Saal betrat, um ihre Plätze vorn und am äußersten rechten Flügel der Halle einzunehmen, erhoben sich sämtliche Delegierten, die bereits saßen, von den Plätzen. Sogar die Sirianer – vorn und auf der äußersten linken Seite – schlossen sich von dieser Geste der Höflichkeit nicht aus.

Für die gastgebende Partei sprach der Außenminister die Begrüßungsworte. Er erging sich in Allgemeinplätzen über den Frieden, der die Tür für eine weitere Expansion der

Menschheit in der Milchstraße öffne, über die gemeinsame Abstammung und die Brüderschaft aller Menschen und über das schreckliche Unglück, das ein Krieg allen bringen würde. Vorsichtig vermied er jede Andeutung des aktuellen Streitfalls, erwähnte den Sirius nicht namentlich und enthielt sich vor allem jeder Drohgebärde.

Er bekam freundlich Beifall. Dann wählte die Versammlung Agas Doremo zum Vorsitzenden der Konferenz. Er war der einzige Kandidat, der die Unterstützung beider Seiten erhielt. Und nun begann die eigentliche Tagesordnung.

Die Konferenz fand unter Ausschluß der Öffentlichkeit statt. Aber die Pressebänke waren von Reportern aller hier vertretenen Welten besetzt. Allerdings durften sie keine Interviews mit einzelnen Delegierten machen. Doch ihre Berichte wurden nicht zensiert.

Wie üblich bei interstellaren Versammlungen benutzte man in Rede und Diskussion Interlingua, die Weltsprache, die überall in der Galaxis verstanden wurde.

In einer kurzen Ansprache empfahl Doremo Kompromißbereitschaft und bat eindringlich, lieber in einigen Punkten vom eigenen Standpunkt abzurücken als durch Unnachgiebigkeit einen Krieg herauszubeschwören. Dann erteilte er dem Außenminister der Erde erneut das Wort.

Diesmal sprach der Minister als Parteigänger. Kraftvoll und eindringlich vertrat er die Interessen der Erde.

Doch schon jetzt war die feindselige Haltung der übrigen Delegationen zu verspüren. Wie ein düsterer Nebel hing sie über der Versammlung.

Conway saß neben dem Redner. Das Kinn sank ihm auf die Brust. Normalerweise wäre es ein schwerer taktischer Fehler der Erde gewesen, ihren Hauptredner gleich zu Beginn alle ihre Argumente vortragen zu lassen. Es hieß, seine beste Munition verschießen, bevor man noch das genaue Ziel erkannt hatte. Es würde Sirius Gelegenheit zu einer vernichtenden Entgegnung geben.

Aber diesmal war es genau das, was Conway wollte.

Er zog ein Taschentuch hervor, fuhr sich damit über die Stirn, steckte es rasch wieder ein und hoffte, daß man die Geste nicht bemerkt hätte. Er wollte auf keinen Fall den Eindruck erwecken, er sei besorgt.

*

Sirius behielt sich seine Stellungnahme für einen späteren Zeitpunkt vor. An seiner Stelle meldeten sich, zweifellos nach vorheriger Absprache, die Vertreter von drei äußeren Welten zu Wort, die unter dem politischen Einfluß des Sirius standen. In ihren kurzen Ansprachen gingen sie nicht auf den Kernpunkt des Problems ein. Vielmehr prangerten sie allgemein die Aggressionsgelüste der Erde und ihren Ehrgeiz an, ein neues galaktisches Weltreich unter ihrer Herrschaft aufzurichten. Sie bereiteten gewissermaßen den Boden für den späteren sirianischen Großauftritt vor. Danach war es Zeit zur Mittagspause.

Sechs Stunden waren seit der Eröffnung vergangen, als schließlich dem Sirius auf seinen Wunsch das Wort erteilt wurde. Langsam erhob sich Sten Devoure. Mit ruhigen, festen Schritten steuerte er das Rednerpodium an. Von dort sah er, stolzes Selbstwußtsein im olivfarbenen Gesicht, auf die Delegierten hinab. Von seinem Zusammenstoß mit Bigman waren keine Spuren mehr sichtbar.

Im Plenum herrschte aufgeregtes Stimmengewirr, das sich erst nach einigen Minuten legte. Devoure wartete in aller Ruhe ab, bis völlige Stille eingetreten war.

Conway war überzeugt, daß sämtliche Delegierten über die bevorstehende Zeugenaussage Lucky Starrs Bescheid wußten. Sie warteten in erregter Vorfreude auf die damit verbundene vollständige Demütigung der Erde.

Dann endlich begann Devoure zu sprechen. In sehr ruhigem Ton entwarf er einen geschichtllichen Rückblick. Er schilderte die Nöte und das Leid jener Tage, da der Sirius noch eine Kolonie der Erde war. Die Hegel-Doktrin, die

Sirius und sämtlichen anderen Kolonien die Freiheit verschafft hatte, kritisierte er als unaufrichtig. Zum Beweis führte er Punkt für Punkt angebliche Versuche der Erde an, die Weltherrschaft wieder an sich zu reißen.

Das brachte ihn in die Gegenwart. »Man beschuldigt uns, eine unbewohnte Welt kolonisiert zu haben«, rief er. »Wir bekennen uns schuldig. Man klagt uns an, eine öde und leere Welt besetzt und in eine wunderschöne Wohnstatt für Menschen verwandelt zu haben. Wir bekennen uns schuldig. Man verklagt uns, der Menschheit neue Räume auf einem Himmelskörper erschlossen zu haben, um den sich bisher niemand kümmerte. Wir bekennen uns auch in diesem Punkte schuldig!

Dagegen hat man uns nicht beschuldigt, bei unseren Aktionen irgendwelche Gewalt ausgeübt zu haben. Wir wurden nicht beschuldigt, im Vollzug unserer Besetzung durch kriegerische Handlungen Verluste an Toten und Verwundeten herbeigeführt zu haben. Mit einem Wort: niemand klagte uns eines Verbrechens an. Man wies eigentlich nur auf die Tatsache hin, daß sich mehr als eine Milliarde Kilometer von der Welt, die wir friedlich besetzten, eine andere bewohnte Welt namens Erde befindet.

Nach unserer Ansicht berührt diese Tatsache unsere Welt Saturn überhaupt nicht. Wir drohen der Erde nicht mit Gewalt, und sie hat uns auch keine Gewalt nachgesagt. Wir verlangen aber, daß man sich nicht in unsere Angelegenheiten einmischt. Wir versichern gern, daß wir uns dafür auch aus den Angelegenheiten anderer Welten heraushalten werden.

Sie behaupten nun, Saturn gehöre ihnen. Warum? Haben sie seine Monde irgendwann besiedelt? Nein. Haben sie überhaupt Interesse daran gezeigt? Nein. Jahrtausendelang hatten sie Gelegenheit, Saturn in Besitz zu nehmen. Haben sie es überhaupt erwogen? Nein. Erst nach unserer Landung entdeckten sie plötzlich, daß es ihre Interessensphäre sei. Sie verweisen nun darauf, daß Saturn und Erde um dieselbe Sonne kreisen. Zugegeben, das ist so. Aber es ist für diesen Fall ohne jede Bedeutung. Ein unbewohnter Himmelskörper ist ein unbewohnter Himmelskörper, ganz gleich, auf welcher Bahn er durch das All zieht. Wir waren die ersten Kolonisten, und darum gehört er uns.

Wie Sie nun wissen, besetzte Sirius das Saturnsystem auf friedliche Weise, ohne jede Anwendung oder auch nur Drohung von Gewalt. Friedliche Gesinnung kennzeichnete alle unsere Handlungen. Zwar führen wir das Wort Frieden nicht so häufig im Munde wie die Politiker der Erde, dafür leben wir es praktisch vor. Als die Erde eine Konferenz vorschlug, erklärten wir uns um des Friedens willen sofort einverstanden, obwohl auf unserem Anspruch auf das Saturnsystem nicht der kleinste Schatten eines Zweifels liegt.

Wie steht es dagegen mit der Erde? Wie will sie ihre Ansprüche rechtfertigen? Sie spricht unablässig vom Frieden, doch ihre Handlungen strafen ihre Worte Lügen. Während sie Friedensgesänge anstimmte, griff sie zum Mittel des Kriegs. Während sie eine Friedenskonferenz verlangte, bereitete sie eine kriegerische Unternehmung vor. Kurz und gut: während Sirius aus Friedensliebe seine eigenen Interessen hintanstellte, führte die Erde als Dank einen Angriffskrieg gegen uns. Ich bin in der Lage, ihnen den Beweis zu liefern – aus dem Munde eines Mitglieds des Wissenschaftsrats der Erde!«

Während dieses letzten Satzes hob er den Arm. Es war seine erste und einzige Geste während der ganzen Rede. Mit dramatischer Gebärde deutete er auf eine Tür, auf die sich ein Scheinwerfer richtete. Im Lichtkegel stand Lucky Starr in voller Größe und trotziger Haltung zwischen zwei Robotern.

*

Nach der Landung auf Vesta hatte es für Lucky ein kurzes Wiedersehen mit Bigman gegeben. Der kleine Marsmann lief auf ihn zu, was Yonge aus einiger Entfernung mit säuerlicher Miene ansah.

»Lucky«, flehte Bigman, »bei den Sandteufeln des Mars, geh nicht zur Konferenz! Sie können dich nicht zur Aussage zwingen, wenn du nicht willst. Mein eigenes Schicksal ist dabei ohne Bedeutung.«

Langsam schüttelte Lucky den Kopf. »Gedulde dich, Bigman! Warte noch einen Tag!«

Yonge trat heran und ergriff Bigman am Arm. »Nichts für ungut, Starr, aber wir brauchen ihn noch, bis Sie Ihre Aufgabe hier zufriedenstellend erfüllt haben. Devoure sichert sich gern durch Geiseln ab. In diesem Fall gebe ich ihm sogar recht. Sie werden als Ehrloser Ihren eigenen Leuten in die Augen blicken müssen, und das ist alles andere als leicht.«

Es war wirklich nicht leicht, aber Lucky hatte sich innerlich gewappnet, als er jetzt in der Tür stand und aller Augen auf sich ruhen sah. Er spürte, wie sie den Atem anhielten. Schweigen herrschte. Da er vom Licht geblendet wurde, sah er die Delegierten nur als eine riesige schwarze Masse. Erst als die Roboter ihn zum Zeugenstand führten, erkannte er einzelne Gesichter. Dann sah er Hector Conway in der vordersten Reihe.

Einen Augenblick lang lächelte Conway ihm freundlich zu, aber Lucky wagte es nicht, das Lächeln zu erwidern. Jetzt ging es um alles! Vorsicht war geboten, damit die Sirianer nicht noch in letzter Sekunde Verdacht schöpften.

Mit hungrigem Blick maß Devoure den Mann von der Erde. Er genoß im voraus den kommenden Triumph. »Gentleman«, kündigte er an, »ich möchte für kurze Zeit die Konferenz nach den Regeln eines Gerichtshofs führen. Hier ist mein Zeuge! Sie alle sollen ihn hören! Seine Aussage soll meine vorhergegangenen Behauptungen beweisen oder widerlegen – ein Mann der Erde und ein bedeutender Agent des Wissenschaftsrats.«

Dann wandte er sich direkt an Lucky und sagte mit plötzlicher Schärfe: »Ihr Name, Ihre Staatsangehörigkeit und Ihren Rang, bitte!«

»Ich heiße David Starr, stamme von der Erde und bin Mitglied des Wissenschaftsrats.«

»Wurden Ihnen Drogen verabreicht? Hat man Sie einer Gehirnwäsche unterzogen? Hat man irgendwelche anderen geistigen Zwangsmittel angewendet, um Sie zu Ihrer Aussage zu zwingen?«

»Nein, Sir.«

»Sie treten also aus freien Stücken als Zeuge auf und werden die reine Wahrheit aussagen?«

»Ich trete aus freien Stücken als Zeuge auf und werde die reine Wahrheit aussagen.«

Devoure wandte sich an die Delegierten. »Der eine oder andere von Ihnen könnte auf den Gedanken kommen, daß Ratsmann Starr ohne sein Wissen einer Gehirnwäsche unterzogen wurde. Oder daß er sie ableugnet, gerade weil er sie erlitten hat. Sollte dies der Fall sein und wird eine Untersuchung daraufhin gewünscht, so ist jeder Delegierte mit medizinischer Vorbildung – und ich weiß, daß viele Mediziner unter uns sind – eingeladen, ihn gründlich zu untersuchen.«

Doch niemand stellte diesen Antrag. Also fuhr Devoure fort, indem er sich wieder an Lucky wandte: »Wann entdeckten Sie erstmals den sirianischen Stützpunkt im Saturnsystem?«

Kurz und ohne jede Erregung, die Augen starr nach vorn gerichtet, erzählte Lucky von seinem erste Besuch im Saturnsystem und der an ihn gerichteten Aufforderung, das Gebiet wieder zu verlassen.

Mit einem leichten Kopfnicken nahm Conway zur Kenntnis, daß Lucky den Agenten X, seine Spionagetätigkeit und die verhängnisvolle Kapsel unerwähnt ließ. Agent X hätte ja auch ein Verbrecher von der Erde sein können. Offenbar wünschte Sirius zu diesem Zeitpunkt keine Andeutung eigener Spionagetätigkeiten, und ebenso klar war es, daß Lucky ihm diesen Dienst nur zu gern erwies.

»Und sind Sie der Aufforderung gefolgt?«

»Ja, ich drehte um, Sir.«

»Und Sie verließen endgültig das Saturnsystem?«

»Nein, Sir!«

»Was taten Sie dann?«

Lucky berichtete von seinem Trick mit Hidalgo, den Anflug auf den Südpol des Saturn und den Flug durch die Ringlücke zum Mimas.

Hier unterbrach ihn Devoure. »Haben wir Ihnen irgendwann mit Gewaltanwendung gedroht?«

»Nein, Sir.«

»Sie brauchen sich nicht allein auf die Worte des Ratsmanns zu verlassen«, sagte Devoure zu den Delegierten. »Ich habe hier Telefotos. Sie wurden während der Verfolgung seines Schiffs zum Mimas geschossen.«

Während Lucky im Spotlicht verblieb, wurde der übrige Saal verdunkelt. Dann konnten die Delegierten dreidimensionale Fotos betrachten, auf denen die *Shooting Starr* auf dem Weg zu den Ringen des Saturn gezeigt wurde. Schließlich verschwand sie in einer Lücke, die aus dem Fotowinkel nicht sichtbar war.

Die nächsten Fotos zeigten, wie das Schiff geradewegs auf Mimas zuraste und dort in einer rötlichen Licht- und Qualmwolke verschwand.

Zu dieser Zeit mußte Devoure die wachsende Bewunderung für die Tollkühnheit des Erdmannes gespürt haben, denn er beeilte sich mit einem Anflug von Ärger zu erklären: »Wir konnten den Ratsmann trotz sofortiger Verfolgung nicht einholen, weil sein Schiff mit Antigrav-Motoren ausgerüstet war. Daher waren alle Flugmanöver in Saturnnähe für uns weit schwieriger auszuführen als für ihn. Aus demselben Grunde hatten wir uns vorher Mimas noch nie genähert, und seine Kursänderung traf uns unvorbereitet.«

Als Conway ihm zuhörte, hätte er am liebsten laut gerufen: »Du Narr!« Devoure würde für seine durch Neid verursachten Bemerkungen einen teuren Preis zu bezahlen haben. Natürlich war seine Erwähnung der Antigrav-Motoren darauf abgezielt, bei den äußeren Welten die Angst vor den technischen Errungenschaften der Erde zu schüren. Doch das mochte sich schließlich als taktischer Fehler erweisen. Nämlich dann, wenn die Angst vor der Erde stärker wurde als die Abneigung gegen sie.

»Sagen Sie nun der Konferenz, was geschah, als Sie Mimas wieder verließen!« forderte Devoure seinen Zeugen auf.

Lucky beschrieb seine Gefangennahme. Devoure erwähnte geschickt die hochentwickelten Masse-Detektoren des Sirius und stellte die nächste Frage an Lucky: »Haben Sie uns nach der Landung auf Titan weitere Einzelheiten über Ihre Tätigkeit auf Mimas enthüllt?«

»Ja, Sir. Ich verriet Ihnen, daß sich noch ein anderer Ratsmann auf Mimas aufhielt. Und dann begleitete ich Sie dorthin.«

Das war den Delegierten anscheinend völlig neu. Es erhob sich ein Sturm der Entrüstung, dem Devoure schließlich Einhalt gebot. Er rief: »Ich habe hier eine komplette Serie von Telefotos, auf denen zu sehen ist, wie wir den zweiten Ratsmann von Mimas wegholten, wo er den Auftrag hatte einen geheimen Militärstützpunkt einzurichten. Und das zur gleichen Zeit, in der die Erde zu dieser Konferenz einlud, die angeblich der Sache des Friedens dienen sollte!«

Wieder verdunkelte sich der Saal. Und wieder erschienen gestochen scharfe Fotos in dreidimensionaler Wiedergabe. In allen Einzelheiten erlebte die Konferenz die Landung auf Mimas mit, sah die Oberfläche des Mondes zerschmelzen und Lucky in dem entstandenen Tunnel im Inneren verschwinden. Man sah, wie Ratsmann Ben Wessilewsky heraufgebracht und in das Schiff geführt wurde. Die letzten Aufnahmen zeigten den Aufenthaltsort von Wess tief im Inneren von Mimas.

»Sie sehen, ein vollständig eingerichteter Stützpunkt«, unterstrich Devoure, ehe er sich wieder an Lucky wandte: »Kann man sagen, daß Sie Ihre gesamte Aktion mit voller Billigung der Erde durchführten?«

Es war eine Suggestivfrage, und es bestand kein Zweifel, welche Antwort gewünscht und erwartet wurde. Aber Lucky zögerte mit der Antwort. Die Versammlung wartete in atemlosem Schweigen. Auf Devoures Stirn erschienen einige Falten.

Endlich sprach Lucky. »Ich will Ihnen die volle Wahrheit sagen. Ich hatte keine direkte Erlaubnis für mein zweites Eindringen ins Saturnsystem. Aber ich wußte genau, daß jede meiner Aktionen hundertprozentig die Billigung des Wissenschaftsrats finden würde.«

Kaum hatte er das Geständnis beendet, als die Reporter in Bewegung gerieten und eine ungeheure Aufregung sich der Versammlung bemächtigte. Die Delegierten sprangen auf und verlangten mit lautem Gebrüll eine sofortige Abstimmung.

Es sah ganz danach aus, als habe die Konferenz mit einer Niederlage der Erde geendet.

XVI

DIE KAPSEL

Auch Agas Doremo war aufgesprungen. Er schwang den traditionellen Hammer, um die Ordnung wiederherzustellen. Aber es war sinnlos. Er konnte sich kein Gehör verschaffen.

Da bahnte sich Conway den Weg nach vorn, ohne sich durch die wütenden Buh-Rufe und drohend gereckten Fäuste beeindrucken zu lassen. Er setzte mit einem Fingerdruck die Sirene in Gang, mit der in früheren Jahren vor bevorstehenden Piratenüberfällen gewarnt wurde. Der schrille, auf- und abschwellende durchdringende Heulton traf die Delegierten überraschend und brachte sie endlich zum Schweigen.

Conway schaltete die Sirene wieder ab, und in die plötzliche Stille sprach Doremo schnell: »Ich gebe nunmehr dem Ratsvorsitzenden Hector Conway von der Erdföderation Gelegenheit, Ratsmann Starr ins Kreuzverhör zu nehmen.«

Ein paar Stimmen schrien: »Nein! Nein!« Aber Doremo fuhr unbeeindruckt fort: »Ich bitte die Delegierten, die Würde der Versammlung zu wahren und eine faire Verhandlung zu gewährleisten. Der Ratsvorsitzende hat mir zugesichert, daß er sich kurz fassen wird.«

Füße scharrten. Ein Raunen ging durch den Saal. Conway richtete das Wort an Lucky. Er tat es lächelnd, aber unter Wahrung kühler Förmlichkeit.

»Ratsmann Starr, Mr. Devoure hat Sie nicht nach Zweck und Ziel Ihrer Unternehmung gefragt. Deshalb frage ich jetzt: Warum drangen Sie in das Saturnsystem ein?«

»Ich wollte Mimas besiedeln, Chef.«

»Glaubten Sie, ein Recht darauf zu haben?«

»Es war ein unbewohnter Himmelskörper, Chef.«

Conway warf einen kurzen Seitenblick auf die Delegierten und begegnete schweigenden, verwirrten Gesichtern.

»Würden Sie das noch einmal wiederholen, Ratsmann Starr?«

»Ich wollte menschliche Wesen auf Mimas landen, auf einer bis dahin unbewohnten Welt, die zur Erdföderation gehört, Chef.«

Devoure sprang auf. »Mimas ist ein Teil des Saturnsystems!« schrie er wütend dazwischen.

»Genau«, sagte Lucky. »So, wie Saturn Teil des Sonnensystems der Erde ist. Nach Ihrer Auslegung jedoch ist Mimas nichts als ein unbewohnter Himmelskörper. Erst vor wenigen Minuten gaben Sie öffentlich zu, daß vor meiner Landung sich sirianische Schiffe niemals in die Nähe von Mimas begeben haben.«

Conway lächelte. Also hatte auch Lucky diesen taktischen Fehler in Devoures Erklärungen sofort bemerkt.

»Mr. Devoure«, sagte Conway, »Ratsmann Starr war bei Ihrer Rede nicht zugegen. Ich wiederhole darum wörtlich einen Satz daraus: ›Ein unbewohnter Himmelskörper ist ein unbewohnter Himmelskörper, ganz gleich, auf welcher Bahn er durch das All zieht. Wir waren die ersten Kolonisten, und darum gehört er uns.‹«

Der Ratsvorsitzende wandte sich an die Delegierten und sagte mit großem Bedacht: »Wenn der Standpunkt der Erdföderation zutrifft, gehört Mimas zur Erde, weil er um einen Planeten kreist, der seinerseits unsere Sonne umläuft. Wenn der Standpunkt des Sirius zutrifft, gehört Mimas ebenfalls zur Erde, weil er unbewohnt war und wir ihn als erste kolonisierten. Die Tatsache, daß ein anderer Saturnmond vom Sirius kolonisiert wurde, hat selbst nach Ansicht des Sirius mit dem Fall Mimas überhaupt nichts zu tun.

Indem die Sirianer auf einen Himmelskörper vorstießen, der der Erde gehört, und unseren Kolonisten entführte, beginnen sie einen kriegerischen Akt. Das beweist ihre wahre Heuchelei. Denn sie verweigern anderen die Rechte, die sie für sich selber in Anspruch nehmen.«

Und wieder entstand heftige Bewegung im Saal. Als nächster ergriff Doremo das Wort. »Gentlemen, ich habe noch etwas zu sagen! Die Darlegungen der Ratsmänner Starr und Conway sind unwiderlegbar. Sie zeigen uns die drohende Anarchie auf, in die uns ein Obsiegen des sirianischen Standpunkts unweigerlich stürzen würde. Jeder unbewohnte Felstrümmer im All würde zum Zankapfel, jeder Asteroid zur Bedrohung des Friedens werden. Durch ihre eigenen Taten bewiesen die Sirianer, daß sie es nicht ehrlich meinen ...«

Die plötzliche Wendung der Dinge war vollständig.

Hätten sie genügend Zeit gehabt, wäre es den Sirianern vielleicht noch gelungen, eine Reihe von äußeren Welten wieder auf ihre Seite zu ziehen. Aber Doremo brachte als erfahrener und geschickter Parlamentarier die Abstimmung zustande, als die Pro-Sirianer noch wie vor den Kopf geschlagen waren. Er ließ ihnen keine Gelegenheit zu der Überlegung, ob sich der Versuch lohnen würde, die eben enthüllten Tatsachen durch Argumente abzuschwächen.

Nur drei Welten stimmten für Sirius: Penthesilea, Duvarn und Mullen, kleine Reiche, die seit langem unter dem politischen Einfluß des Sirius standen. Alle übrigen – es waren über 50 – gaben ihre Stimme der Erde. Sirius erhielt die Auflage, die gefangenen Erdmenschen freizulassen. Binnen eines Monats war der Stützpunkt auf Titan abzubauen und das Sonnensystem zu verlassen.

Die Ausführung dieser Beschlüsse hätte natürlich nur durch Gewalt erzwungen werden können. Aber die Erde wäre in einer kriegerischen Auseinandersetzung jetzt am längeren Hebel gewesen, weil der Sirius auf die Hilfe der äußeren Welten nicht mehr rechnen konnte. Unter diesen Umständen erwartete niemand auf sirianischen Widerstand auf Vesta.

*

Schwer atmend und mit verzerrtem Gesicht stand Devoure noch einmal Lucky gegenüber. »Es war ein hinterhältiger Trick!« schnaufte er. »Sie haben uns in eine Falle gelockt ...«

»Und Sie zwangen mich dazu«, versetzte Lucky ruhig, »indem Sie Bigman zu töten drohten. Erinnern Sie sich noch? Oder möchten Sie, daß die Vorgänge in allen Einzelheiten veröffentlicht werden?«

»Wir haben immer noch Ihren Affenfreund«, tobte Devoure voll Bosheit. »Abstimmung hin, Abstimmung her ...«

Lächelnd unterbrach ihn der Ratsvorsitzende Conway, der in der Nähe gestanden hatte. »Wenn Sie Bigman meinen, Mr. Devoure, den haben Sie nicht mehr! Er ist wieder bei uns. Er kam in Begleitung eines Syndikatsmanns. Dieser Mann, der sich Yonge nennt, berief sich auf eine Zusage des Ratsmanns Starr, ihm im Notfall politisches Asyl zu verschaffen. Yonge fühlt sich angesichts Ihrer augenblicklichen Gemütsverfassung bei einer Rückkehr zum Titan in Ihrer Gesellschaft nicht mehr seines Lebens sicher. Ich mache Ihnen einen Vorschlag. Vielleicht überlegen Sie mal, ob Sie selber nach Rückkehr zum Sirius nicht auch in Gefahr schweben? Falls Sie ebenfalls um politisches Asyl ersuchen wollen ...«

Devoure blieb die Sprache weg. Er drehte sich brüsk um und verließ den Saal.

Als Doremo sich von Conway und Lucky verabschiedete, strahlte er über das ganze Gesicht.

»Ich denke, Sie brennen darauf, die Erde wiederzusehen, junger Mann.«

Lucky nickte eifrig. »In einer Stunde geht es mit dem Linienschiff heimwärts, Sir. Die arme alte *Shooter* fliegt im Schlepptau mit. Offen gestanden, ich bin wunschlos glücklich.«

»Gut! Nehmen Sie auch meine Glückwünsche entgegen. Sie haben hervorragende Arbeit geleistet. Als Ratsvorsitzender Conway mich zu Beginn der Sitzung um die Erlaubnis für ein Kreuzverhör ersuchte, sagte ich es ihm zwar zu, meinte aber insgeheim, er müsse wohl verrückt geworden sein. Als Sie Ihre Aussage beendet hatten und er sich verabredungsgemäß zum Wort meldete, war ich fest davon überzeugt, daß er völlig den Verstand verloren hatte. Aber offenbar hatten Sie den ganzen Ablauf im voraus geplant.«

»Lucky hatte mir eine Nachricht geschickt, worin er mir seine Absichten auseinandersetzte«, sagte Conway. Aber natürlich waren wir uns bis eine Stunde vor der endgültigen Entscheidung nicht sicher, ob es wirklich klappen würde.«

»Ich meine, Ihr Vertrauen in den Ratsmann wurde belohnt«, sagte Doremo. »Bei unserer Vorbesprechung fragten Sie mich, ob ich auf Ihrer Seite stehen würde, wenn Luckys Aussage nicht die vom Sirius gewünschte katastrophale Wirkung hätte. Damals verstand ich natürlich nicht, was Sie meinten. Aber als es dann soweit war, war mir alles klar.«

»Ich danke Ihnen, für Ihr Eintreten.«

»Sie hatten Ihren Rechtsanspruch eindeutig bewiesen ... Sie sind ein raffinierter Gegner, junger Mann«, sagte er zu Lucky.

Der lächelte. »Ich habe mich einfach auf die Unaufrichtigkeit der Sirianer verlassen. Hätten sie wirklich nach ihrer offiziell verkündeten Rechtsmeinung gehandelt, dann hätten sie meinen Ratskollegen unangefochten auf Mimas wohnen lassen. Was hätten wir dann von all unseren Bemühungen gehabt? Einen kleinen Eismond und einen kaum zu gewinnenden Krieg.«

»Ganz recht. Bis zu ihrer Rückkehr werden wohl viele Delegierte schon wieder ihre Meinung geändert haben. Manche werden in ihrem Innern die Erde und mich verfluchen und sich selber vorwerfen, daß sie sich überfahren ließen. Doch bei klarer Überlegung werden sie schließlich erkennen, daß wir hier ein wichtiges Grundsatzurteil gefällt haben. Die Unteilbarkeit eines Sonnensystems bringt Vorteile mit sich, die verletzten Stolz und Voreingenommenheit klar überwiegen. Historiker späterer Zeiten werden dieser Konferenz einen hohen Rang beimessen, weil sie einen dauerhaften Frieden und eine lange Blütezeit für die Galaxis begründete. Ich bin sehr zufrieden.«

Und er schüttelte beiden kräftig die Hand.

*

Lucky und Bigman waren wieder vereint. Und trotz der vielen anderen Passagiere an Bord des großen Schiffes hielten sie sich meist abseits. Schon lag der Mars hinter ihnen.

Fast eine Stunde lang hatte Bigman seinen Anblick genossen. Die Erde war nicht mehr fern.

Aber etwas lag Bigman noch auf der Seele. Er druckste lange herum, ehe er die richtigen Worte fand. »Beim großen Weltall, Lucky, ich habe zu keiner Zeit mitgekriegt, warum du dieses und jenes tatest. Nicht ein einziges Mal. Ich dachte ... Nein, ich sag' dir lieber nicht, was ich manchmal dachte. Aber bei den Sandstürmen des Mars, du hättest mir ja auch mal einen Wink geben können!«

»Unmöglich, Bigman. Es war das einzige, was ich nicht tun durfte. Siehst du es nicht ein? Ich mußte die Sirianer dazu bringen, Wess von Mimas zu entführen, ohne daß sie die Folgen ahnten. Sie durften nicht merken, daß ich die Entführung wollte. Sonst hätten sie die Falle gespürt. Es mußte so aussehen, als ob mich die Umstände zu einem bitteren, mit Zähneknirschen gefaßten Entschluß zwangen. Zu Anfang war ich mir selber über mein Vorgehen nicht ganz im klaren. Aber eins wußte ich von vornherein. Hätte ich dich in meinen Plan eingeweiht, dann hättest du ihn irgendwann verraten.«

Bigman war empört. »Ich hätte den Plan verraten? Schurke von einem Erdmenschen, nicht mal mit vorgehaltenem Blaster hätte man mir ein Sterbenswörtchen entlocken können!«

»Das weiß ich. Keine Folter hätte dich zum Reden gebracht. Du hättest schon vorher alles freiweg ausgeplappert. Du bist nämlich ein ganz schlechter Schauspieler, und das weißt du selbst. Sobald die Wut dich packt, redest du hemmungslos. Deshalb wollte ich halb und halb, daß du auf Mimas bleibst, erinnerst du dich? Ich konnte dich nicht in meinen Plan einweihen, wußte aber, daß du meine Handlungen falsch auslegen und deshalb Höllenqualen ausstehen würdest. Aber heute kann ich dir sagen, daß du mir unersetzlich warst, ein gottgesandter, wertvoller Helfer.«

»Ja? Weil ich diesen Dreckskerl vermöbelt habe.«

»Indirekt ja. Dadurch konnte ich es so hinstellen, als wolle ich ernsthaft Wess' Freiheit für dein Leben eintauschen. Ohne dich wäre es sehr viel schwieriger gewesen. Ich hätte zu bühnenreifer Schauspielkunst auflaufen müssen, um das Tauschgeschäft mit Wess unverdächtig in Gang zu bringen. Wie sich die Dinge mir dir entwickelten, brauchte ich schließlich gar nicht zu schauspielern. Es lief großartig.«

»Ach, Lucky ...«

»Ja, Bigman. Du warst über mich so verzweifelt, daß ihnen nicht der kleinste Argwohn in den Sinn kam. Ein Blick auf dich – und jeder war überzeugt, daß ich wirklich ein Verräter der Erde war.«

»Beim Sand des Mars, Lucky!« Bigman war zutiefst betroffen. »Wie konnte ich nur an dir zweifeln! Ich habe mich wie ein Idiot benommen.«

»Zum Glück!« betonte Lucky und fuhr dem Kleinen freundschaftlich durchs Haar.

*

Beim Abendessen saßen sie mit Conway und Wess zusammen. Wess berichtete: »Dieser Bursche Devoure wird in seiner Heimat einen frostigen Empfang erleben. Über den Subäther kommen laufend die Artikel, die auf der Erde über uns veröffentlicht wurden – vor allem über dich natürlich.«

Lucky zog die Stirn in Falten. »Das gefällt mir nicht. Es macht unsere Aufgabe in Zukunft nur schwerer. Publicity! Überleg doch mal, was sie im umgekehrten Falle schreiben würden! Die Sirianer hätten nur eine Idee schlauer zu sein brauchen. Dann wären sie nicht in die Konferenzfalle getappt. Oder sie hätten noch in letzter Minute meinen Auftritt abgesagt.«

Conway schauderte zusammen. »Daran denke ich lieber nicht. Es wäre uns nicht anders ergangen, als es jetzt Devoure ergeht.«

»Sie werden ihm den Kopf nicht abreißen«, vermutete

Lucky. »Sein Onkel wird die Hand über ihn halten.«

»Jedenfalls«, sagte Bigman, »wird er uns nie mehr behelligen.«

»Meinst du?« sagte Lucky ernst. »Ich bin da nicht so sicher.«

Schweigend aßen sie.

Um die leicht bedrückte Stimmung wieder aufzuheitern, sagte Conway: »Im Grunde konnten die Sirianer aber gar nicht anders handeln. Sie durften Wess nicht auf Mimas sitzen lassen, weil sie ja noch immer die Kapsel in den Ringen suchten. Sie mußten befürchten, daß Wess, der nur knapp 50 000 Kilometer von den Ringen entfernt ...«

Bigman ließ die Gabel fallen. Seine Augen wurden groß wie Untertassen. »Potz Raketen, Blitz und Donner!«

»Was ist denn los? Bigman?« erkundigte sich Wess mit falscher Freundlichkeit. »Hast du dir das Hirn verrenkt, weil du zum erstenmal nachgedacht hast?«

»Halt den Mund, Lederkopf!« verwies ihn Bigman. »Mensch, Lucky, in dem ganzen Durcheinander haben wir ja völlig die Kapsel von Agent X aus den Augen verloren! Die kreist immer noch in den Ringen, falls die Sirianer sie nicht inzwischen bergen konnten. Wenn nicht, haben sie noch ein paar Wochen Zeit, sie zu suchen.«

Conway fiel ihm ins Wort. »Das habe ich mir schon überlegt, Bigman. Meiner Meinung nach ist sie für immer verloren. In den Ringen findet man nichts wieder.«

»Aber Chef, hat Ihnen denn Lucky nichts von den neuen Masse-Detektoren erzählt, die sie auf Sirius haben? Die arbeiten mit Röntgenstrahlen und ...«

Er brach ab und starrte wie die anderen Lucky an. Der sah aus, als wisse er nicht, ob er lachen oder fluchen solle. »Große Galaxis!« rief er schließlich. »Das habe ich doch völlig vergessen!«

»Die Kapsel?« fragte Bigman. »Die hast du vergessen?«

»Nein. Ich vergaß, daß ich sie ja habe! Hier ist sie.« Und Lucky zog eine Metallkugel von knapp drei Zentimeter

Durchmesser aus der Tasche und legte sie auf den Tisch.

Bigmans flinke Finger griffen zuerst nach ihr. Er drehte sie herum und betrachtete sie von allen Seiten. Die anderen taten es ihm später nach.

»Das ist die Kapsel?« fragte Bigman. »Bist du sicher?«

»Ziemlich sicher. Wenn wir sie geöffnet haben, wird es sich herausstellen.«

»Aber wann? Wie? Wo?« Die Fragen prasselten nur so auf ihn ein.

Er winkte ab. Ruhe trat ein. »Entschuldigt bitte! Wie kann man nur so vergeßlich sein! Erinnert ihr euch noch an die letzten Worte des Agenten X? Wir fingen sie auf, bevor sein Schiff zerschellte. Manches waren nur Wortfetzen. Einer lautete: ›normaler Uml ...‹. Wir kamen überein, daß dies ›normaler Umlauf‹ heißen sollte. Die Sirianer verstanden das Wort ›normal‹ als ›üblich‹. Sie schlossen daraus, daß die Kapsel den üblichen Umlauf der Ringe mitmachte und starteten ihre große Suchaktion in den Ringen.

Der Ausdruck ›normal‹ bedeutet in diesem Zusammenhang aber auch die Nord-Süd-Richtung. Die Saturnringe drehen sich in westöstlicher Richtung. Also kreiste die Kapsel in einem ›normalen‹ Umlauf in Nord-Süd- oder eventuell auch in Süd-Nord-Richtung. Es erschien mir vernünftig, denn auf diese Weise konnte sie nicht unter den zahllosen Gesteinstrümmern der Ringe verlorengehen.

Diese Kreisbahn, wie sie im einzelnen auch beschaffen sein mochte, mußte in jedem Fall über die beiden Pole des Saturn verlaufen. Als wir auf den Südpol zuflogen, hielt ich am Masse-Detektor Wache. Da über den Polargebieten kaum irgendwelche Körper kreisen, rechnete ich mir eine gewisse Chance aus, die Kapsel zu entdecken. Allerdings behielt ich das für mich, um bei den anderen keine falschen Hoffnungen zu erwecken.

Und dann verzeichnete der Masse-Detektor einen Gegenstand! Auf die Gefahr hin, mich zu irren, glich ich ihm die Geschwindigkeit des Schiffes an und kletterte dann aus dem Schiff. Bigman kam später auf die Idee, mein Ausflug habe dazu gedient, die Antigrav-Motoren für eine Sprengung bei der späteren Kapitulation vorzubereiten. Das stimmte. Aber außerdem fischte ich dabei die Kapsel auf.

Auf Mimas versteckte ich sie in den Röhren der Klimaanlage, die wir für Wess' Behausung einrichteten. Bei meiner Rückkehr holte ich die Kapsel aus dem Versteck und verbarg sie in meiner Tasche, bevor ich Wess an Devoure auslieferte. Ich wurde zwar, als ich wieder ins Schiff stieg, wie üblich nach Waffen durchsucht. Aber der Roboter sah in der kleinen Kugel keine Waffe ... Es war ja auch keine, aber eine genauere Untersuchung wäre angezeigt gewesen ... Es hat eben seine starken Nachteile, wenn man sich allzusehr auf Roboter verläßt. Ja, das ist die ganze Geschichte.«

»Und warum erzählst du sie uns erst jetzt?« empörte sich Bigman.

Lucky überlegte. »Ich wollte es gleich tun. Ehrlich! Aber kaum war ich mit der Kapsel wieder im Schiff, da hatten uns die Sirianer aufgespürt, und wir mußten zusehen, daß wir davonkamen. Und danach hatten wir ja keinen Augenblick mehr Ruhe. Andauernd passierte was Neues. Irgendwie kam ich nie dazu, euch von dem Fang zu erzählen – bis ich die Sache ganz vergaß.«

»Was für ein Spatzengehirn zu hast!« meinte Bigman herablassend. »Kein Wunder, daß man dich ohne mich nicht frei herumlaufen läßt.«

Lachend klopfte Conway dem kleinen Marsmann auf die Schulter. »Genauso ist es, Bigman! Paß nur weiter gut auf den langen Kerl auf und sag ihm, wo oben und unten ist!«

»Aber vorher«, fiel Wess ein, »erkundigst du dich besser bei einer kompetenten Persönlichkeit, denn du weißt es ja auch nicht!«

In diesem Augenblick tauchte das Schiff in die Erdatmosphäre ein, und alle machten sich zur Landung bereit.

ENDE